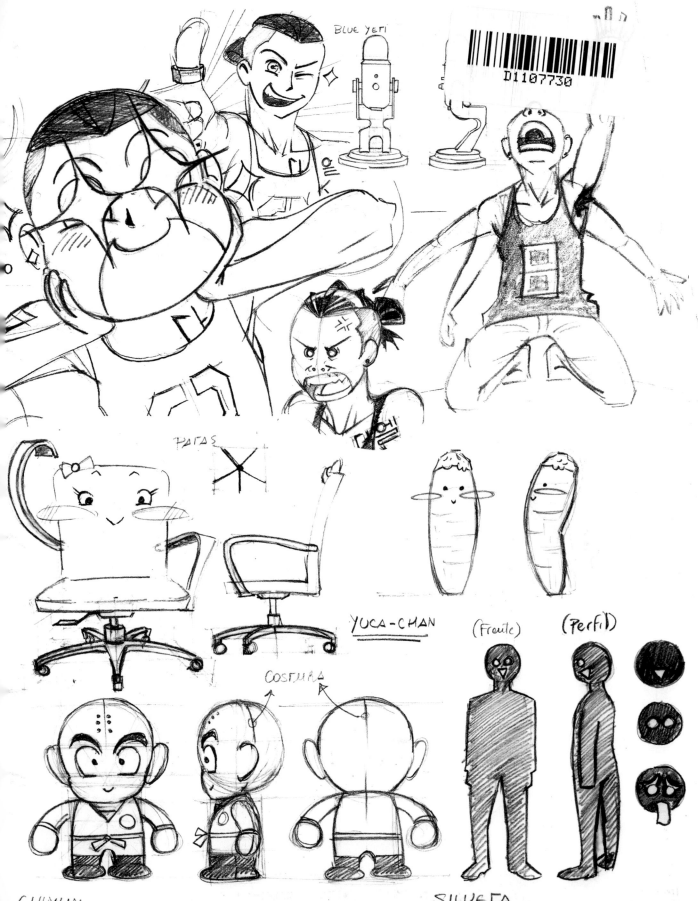

BLUE YETI

PATAS

YUCA-CHAN

(Frente)   (Perfil)

COSTURA

CHINLIN

SILUETA

EL HUMANO ES RETRASADO Y NO TIENE CURA

EL HUMANO ES RETRASADO Y NO TIENE CURA

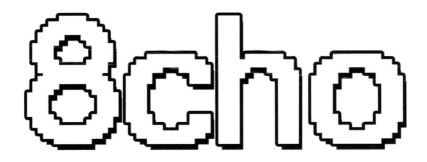

PATRI MLMN • HENAR TORINOS • LUIS TOMÁS

B

GRUPO ZETA

Barcelona • Madrid • Bogotá • Buenos Aires • Caracas • México D.F. • Miami • Montevideo • Santiago de Chile

1.ᴬ EDICIÓN: DICIEMBRE 2016

TEXTO: DANIEL GARCÍA
DISEÑO: PATRICIA MÁRQUEZ   PATRI MLMN
DIBUJO: HENAR TORINOS
COLOR: LUIS TOMÁS

© 2016, DANIEL GARCÍA
© 2016, HENAR TORINOS POR LAS ILUSTRACIONES
© 2016, YOUPLANET
© EDICIONES B, S. A., 2016
   CONSELL DE CENT, 425-427 - 08009 BARCELONA (ESPAÑA)
   WWW.EDICIONESB.COM

IMPRESO EN ESPAÑA   PRINTED IN SPAIN
ISBN: 978-84-666-6022-8
DL B 18484-2016
IMPRESO POR: EGEDSA

ÍNDICE

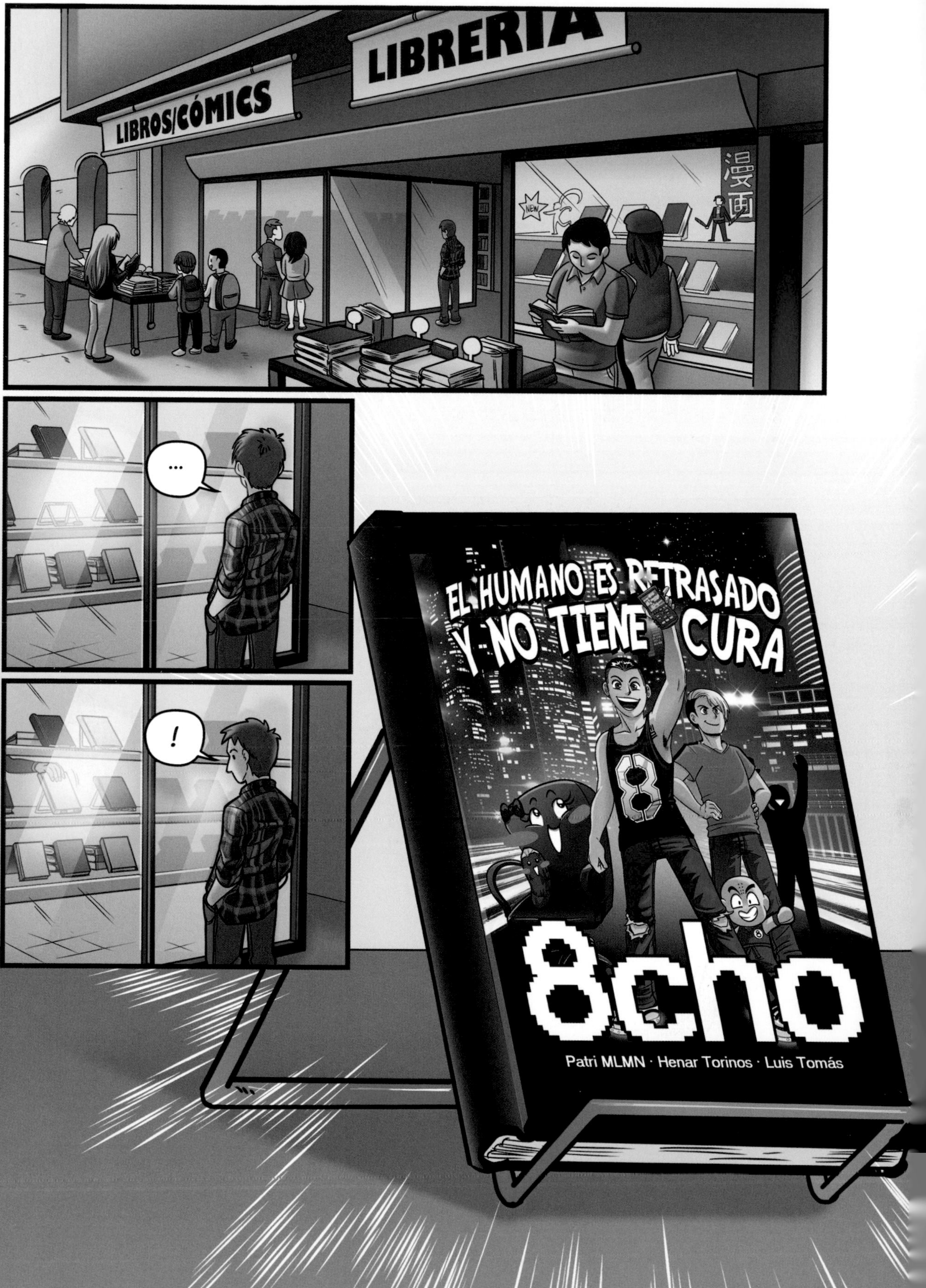
LIBROS/CÓMICS
LIBRERÍA
NEW
漫画
...
!
EL HUMANO ES RETRASADO Y NO TIENE CURA
8cho
Patri MLMN · Henar Torinos · Luis Tomás

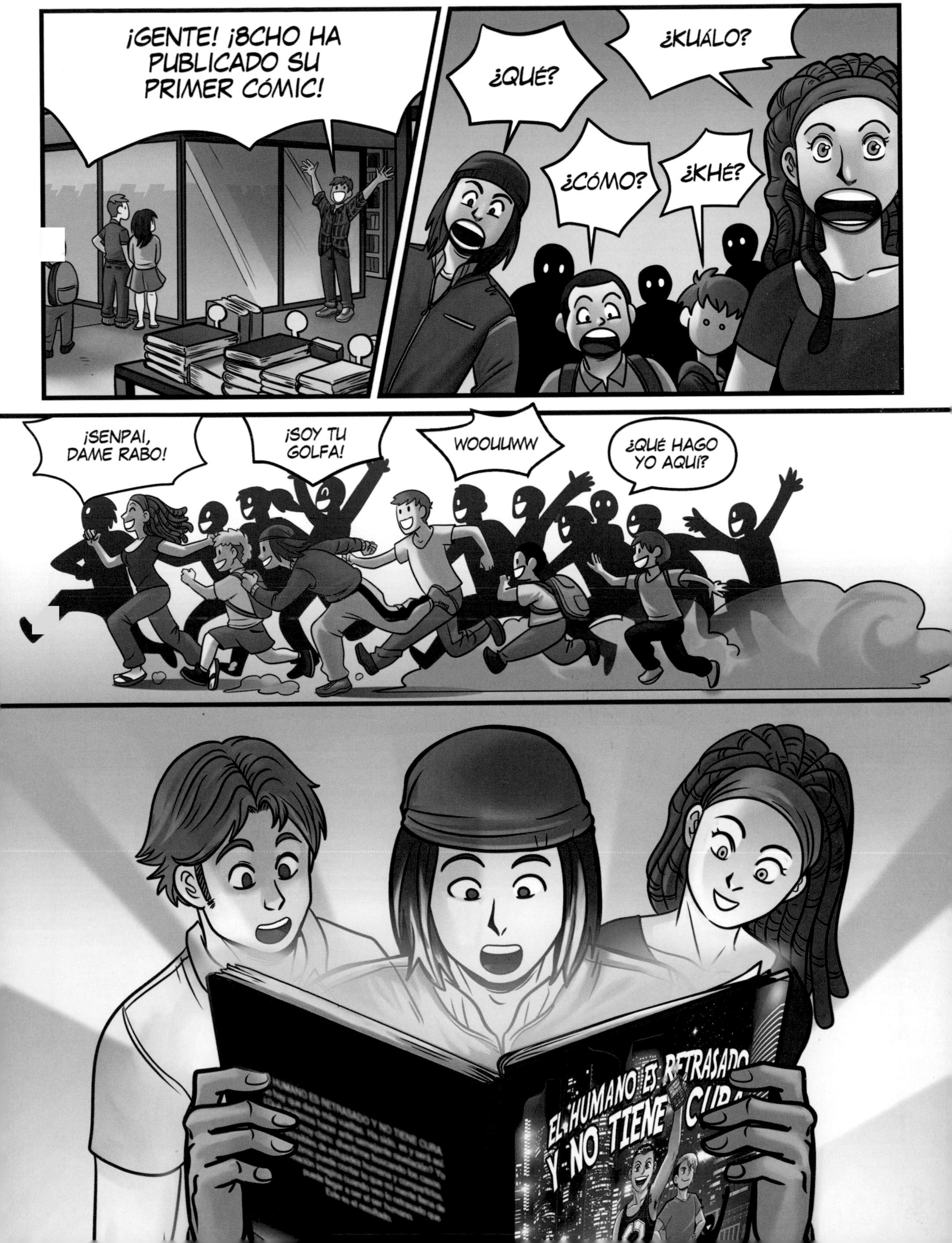

¡GENTE! ¡8CHO HA PUBLICADO SU PRIMER CÓMIC!
¿KUÁLO?
¿QUÉ?
¿CÓMO?
¿KHÉ?
¡SENPAI, DAME RABO!
¡SOY TU GOLFA!
WOOUUWW
¿QUÉ HAGO YO AQUÍ?
EL HUMANO ES RETRASADO
Y NO TIENE

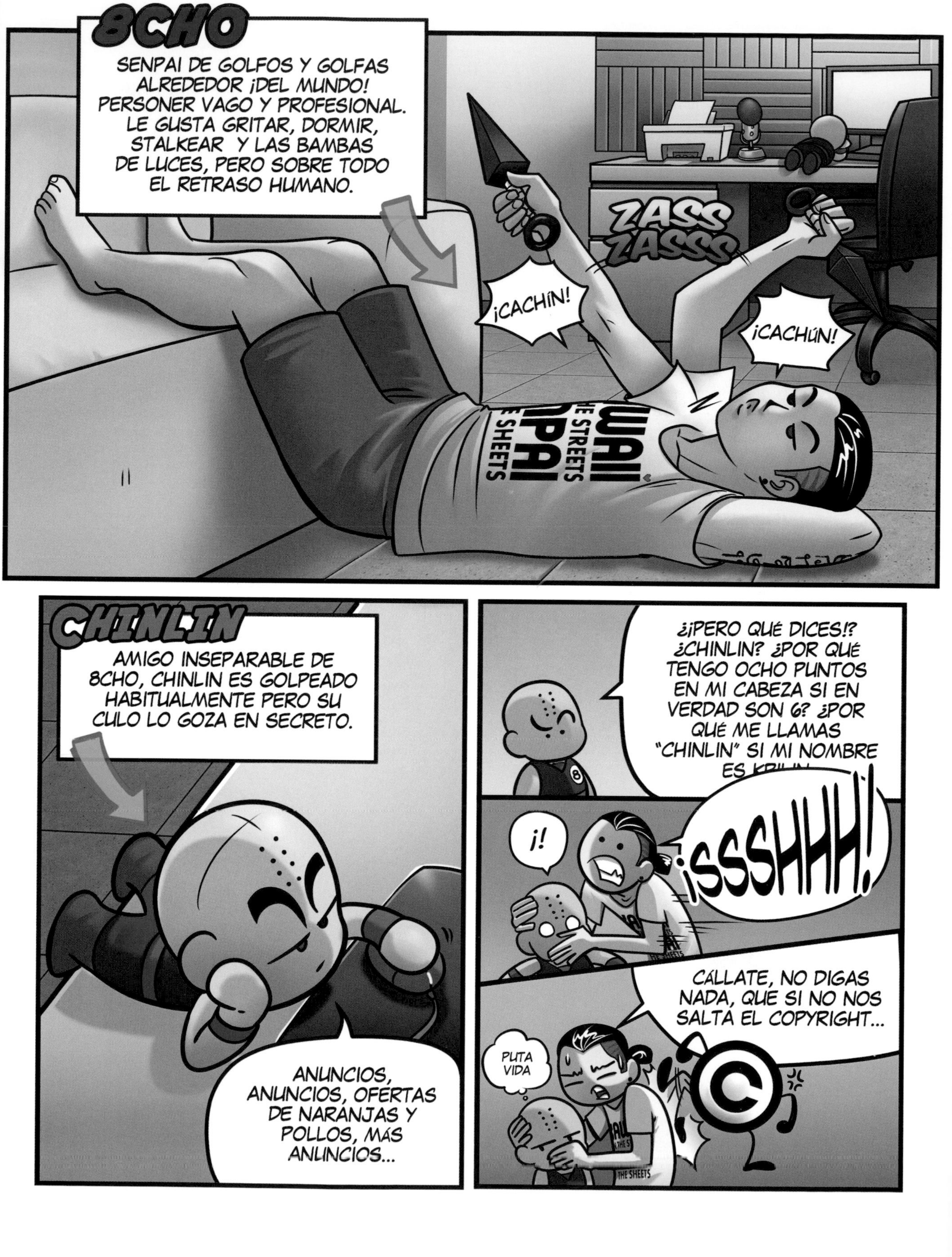
8CHO
SENPAI DE GOLFOS Y GOLFAS ALREDEDOR ¡DEL MUNDO! PERSONER VAGO Y PROFESIONAL. LE GUSTA GRITAR, DORMIR, STALKEAR Y LAS BAMBAS DE LUCES, PERO SOBRE TODO EL RETRASO HUMANO.
ZASS ZASSS
¡CACHÍN!
¡CACHÚN!
CHINLIN
AMIGO INSEPARABLE DE 8CHO, CHINLIN ES GOLPEADO HABITUALMENTE PERO SU CULO LO GOZA EN SECRETO.
ANUNCIOS, ANUNCIOS, OFERTAS DE NARANJAS Y POLLOS, MÁS ANUNCIOS...
¿¡PERO QUÉ DICES!? ¿CHINLIN? ¿POR QUÉ TENGO OCHO PUNTOS EN MI CABEZA SI EN VERDAD SON 6? ¿POR QUÉ ME LLAMAS "CHINLIN" SI MI NOMBRE ES
¡!
¡SSSHHH!
CÁLLATE, NO DIGAS NADA, QUE SI NO NOS SALTA EL COPYRIGHT...
PUTA VIDA

¡8CHO MIRA ESTO! ¡UNA MUJER LE QUEMA EL RABO A SU NOVIO POR SER INFIEL!

¡!

¡¡AARRG...HH!!

¿¡QUÉ!? ¡DÉJAME VER ESO!

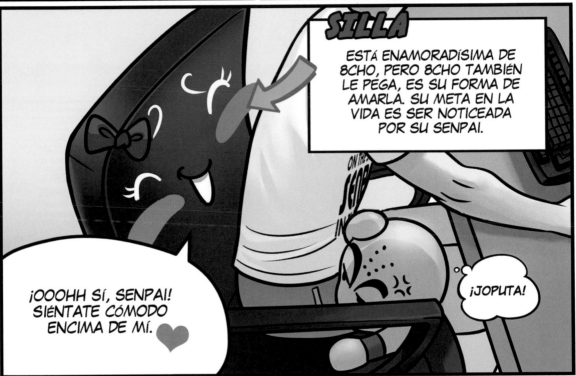

SILLA

ESTÁ ENAMORADÍSIMA DE 8CHO, PERO 8CHO TAMBIÉN LE PEGA, ES SU FORMA DE AMARLA. SU META EN LA VIDA ES SER NOTICEADA POR SU SENPAI.

¡OOOHH SÍ, SENPAI! SIÉNTATE CÓMODO ENCIMA DE MÍ.

¡JOPUTA!

YO SOY LA SILUETA NEGRA QUE 8CHO SIEMPRE PONE EN SUS VIDEOS.

¡PAM!

¡!

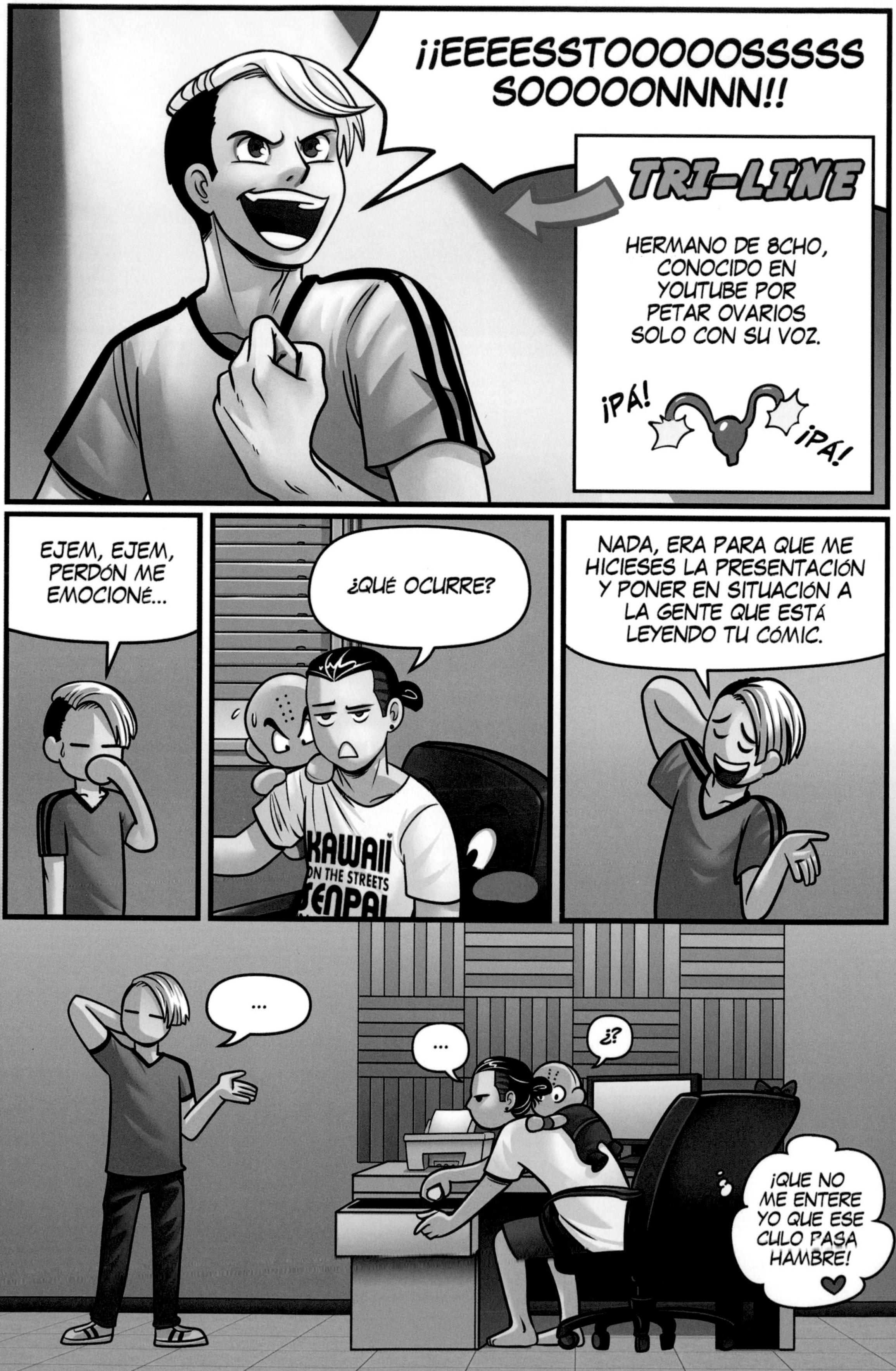

¡¡EEEEESSTOOOOOSSSSS SOOOOONNNN!!
TRI-LINE
HERMANO DE 8CHO, CONOCIDO EN YOUTUBE POR PETAR OVARIOS SOLO CON SU VOZ.
¡PÁ!
¡PÁ!
EJEM, EJEM, PERDÓN ME EMOCIONÉ...
¿QUÉ OCURRE?
KAWAII ON THE STREETS SENPAI
NADA, ERA PARA QUE ME HICIESES LA PRESENTACIÓN Y PONER EN SITUACIÓN A LA GENTE QUE ESTÁ LEYENDO TU CÓMIC.
...
...
¿?
¡QUE NO ME ENTERE YO QUE ESE CULO PASA HAMBRE!

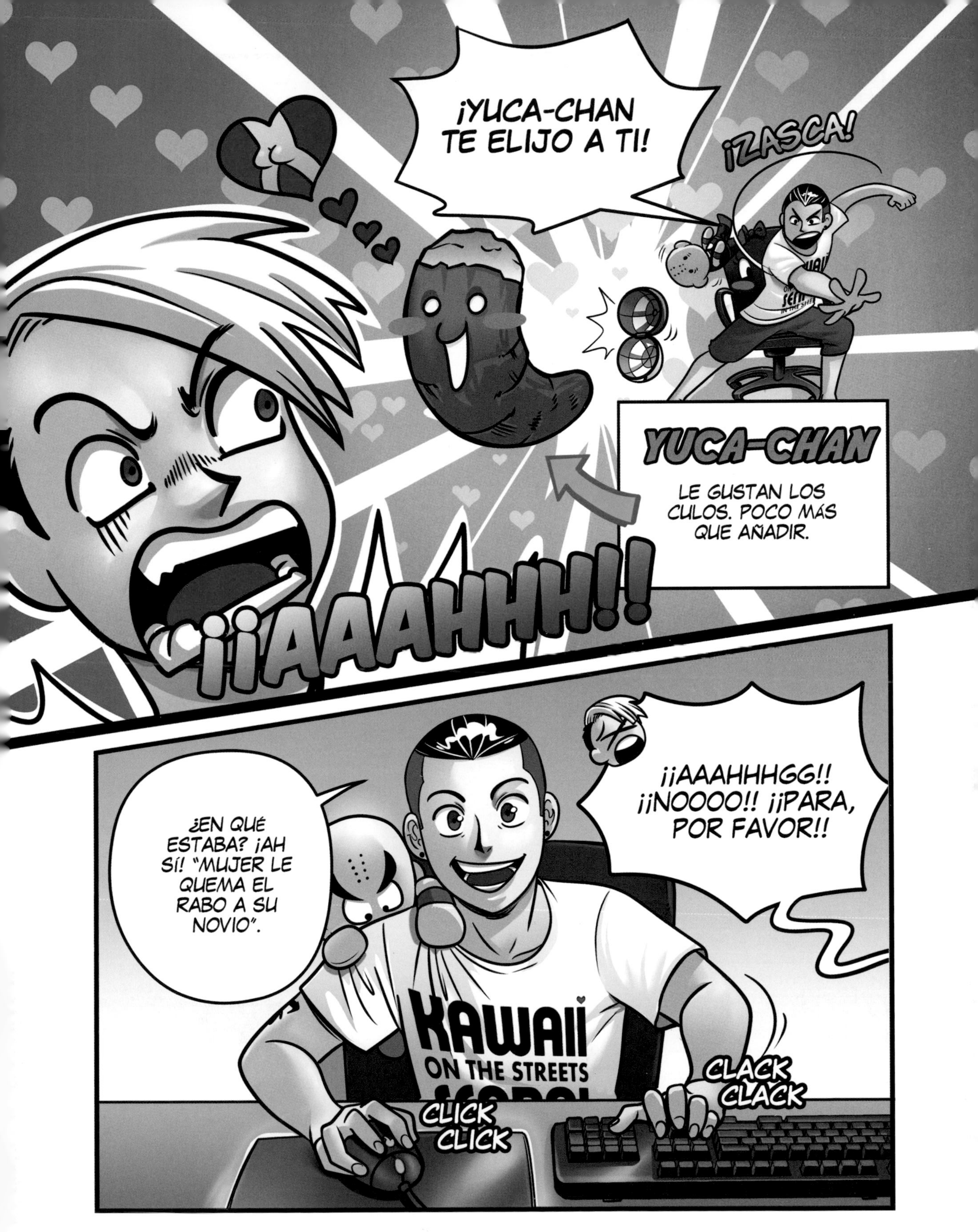
¡YUCA-CHAN TE ELIJO A TI!
¡ZASCA!
YUCA-CHAN
LE GUSTAN LOS CULOS. POCO MÁS QUE AÑADIR.
¡¡AAAAHHH!!
¿EN QUÉ ESTABA? ¡AH SÍ! "MUJER LE QUEMA EL RABO A SU NOVIO".
¡¡AAAHHHGG!! ¡¡NOOOO!! ¡¡PARA, POR FAVOR!!
KAWAII ON THE STREETS
CLACK CLACK
CLICK CLICK

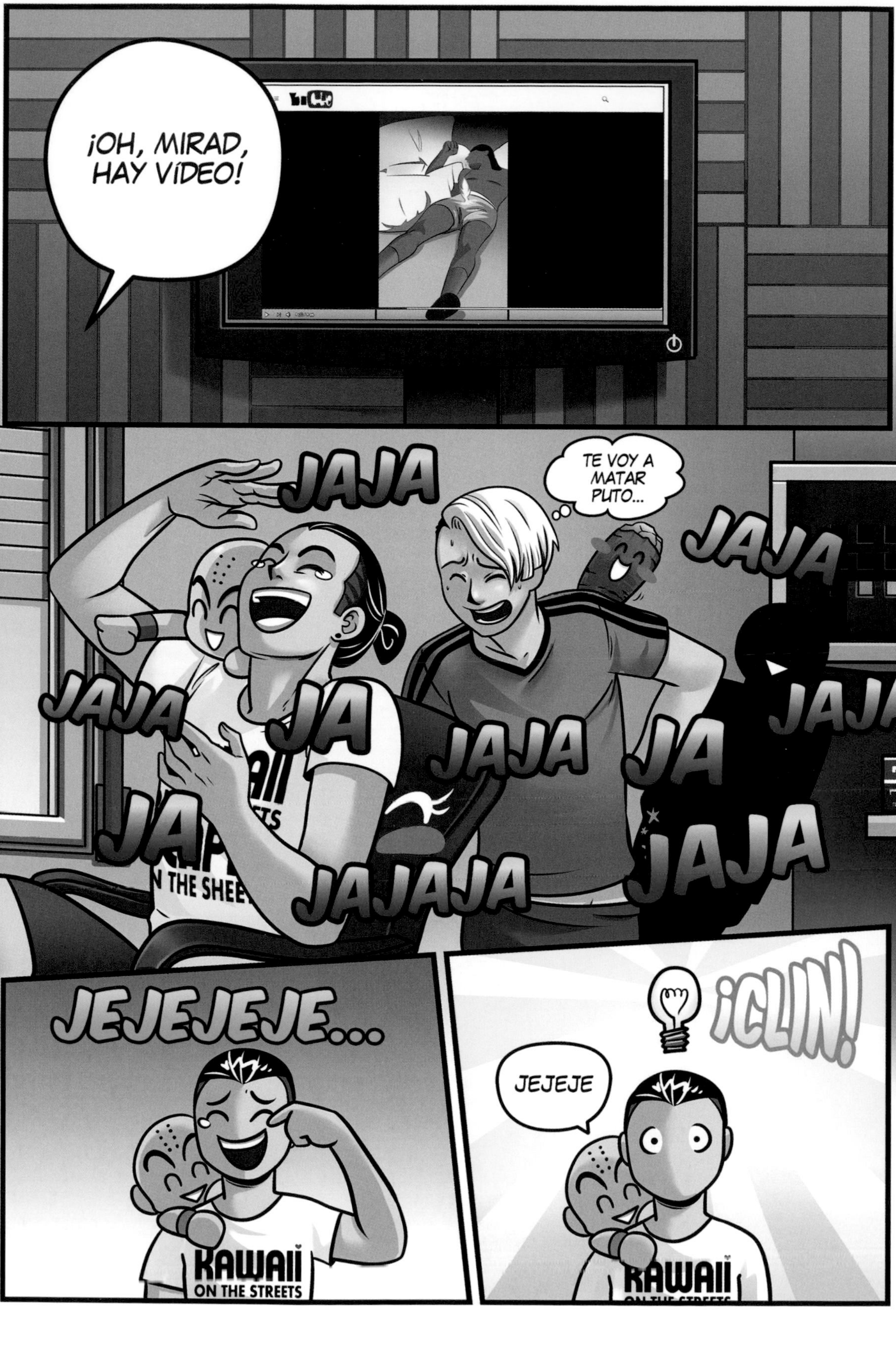
¡OH, MIRAD, HAY VÍDEO!
JAJA
TE VOY A MATAR PUTO...
JAJA
JAJA
JA
JAJA
JA
JAJA
JA
JAJAJA
JAJA
JEJEJEJE...
KAWAII ON THE STREETS
¡CLIN!
JEJEJE
KAWAII

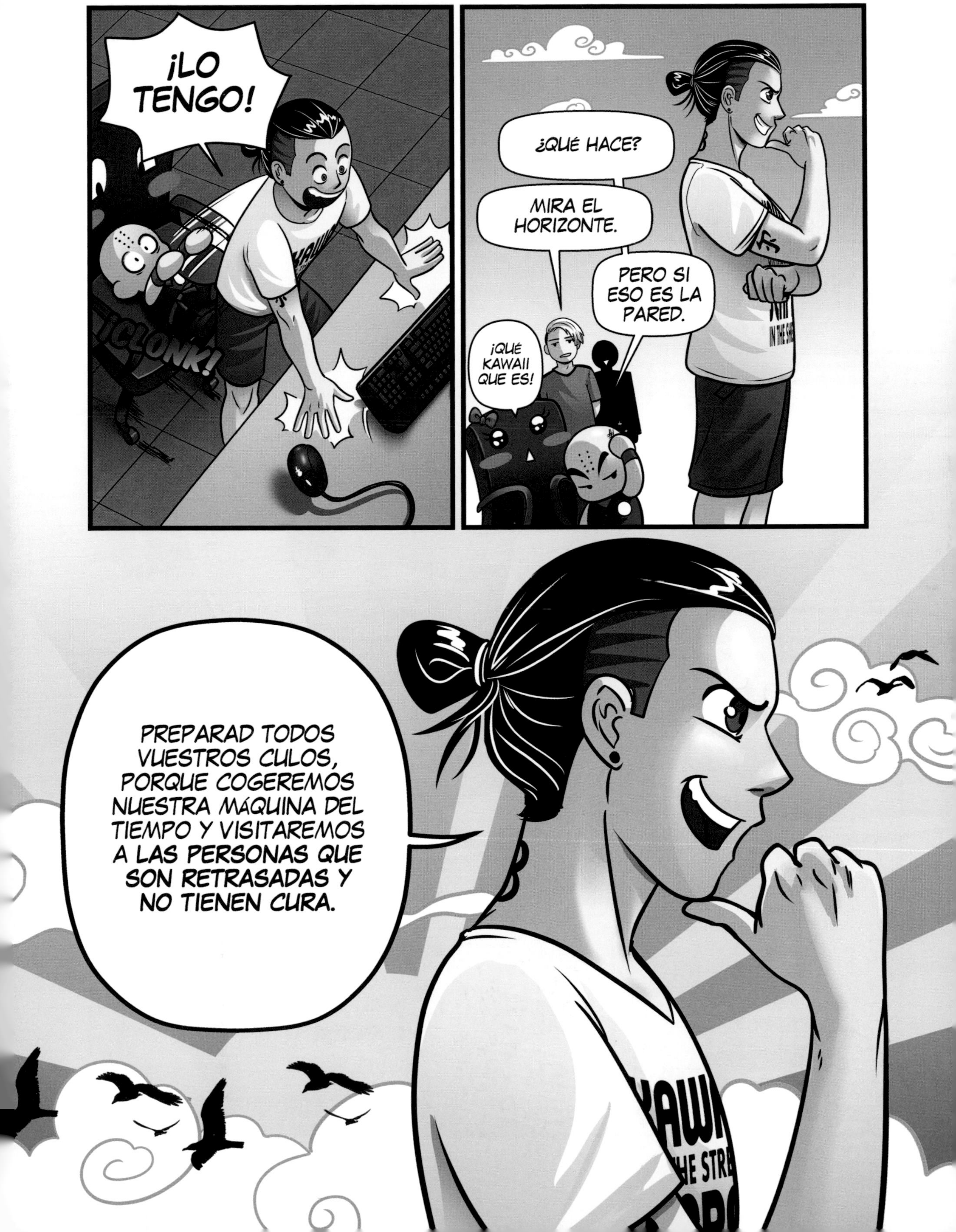
¡LO TENGO!
¡CLONK!
¿QUÉ HACE?
MIRA EL HORIZONTE.
PERO SI ESO ES LA PARED.
¡QUÉ KAWAII QUE ES!
PREPARAD TODOS VUESTROS CULOS, PORQUE COGEREMOS NUESTRA MÁQUINA DEL TIEMPO Y VISITAREMOS A LAS PERSONAS QUE SON RETRASADAS Y NO TIENEN CURA.

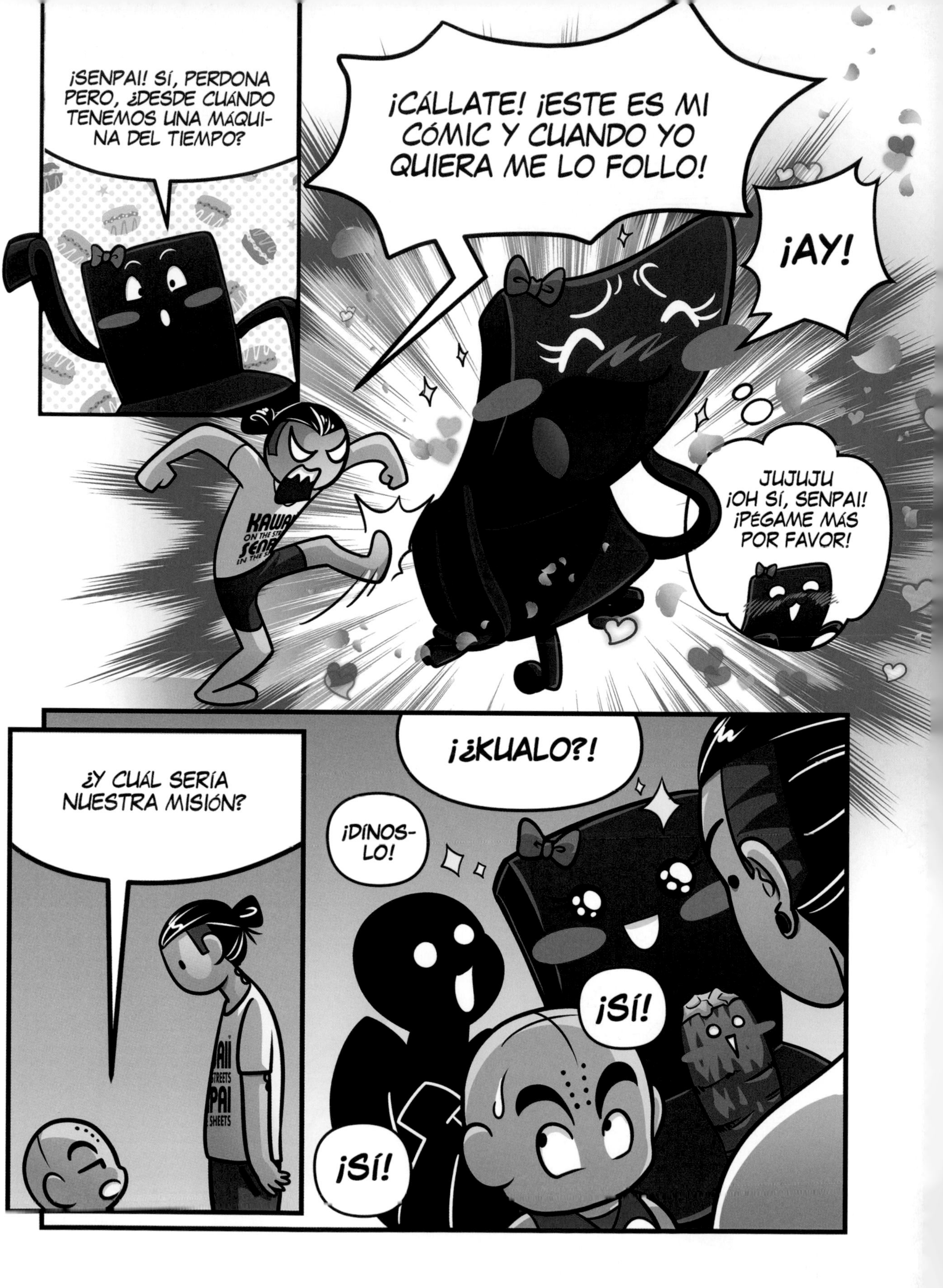
¡SENPAI! SÍ, PERDONA PERO, ¿DESDE CUÁNDO TENEMOS UNA MÁQUINA DEL TIEMPO?
¡CÁLLATE! ¡ESTE ES MI CÓMIC Y CUANDO YO QUIERA ME LO FOLLO!
¡AY!
JUJUJU ¡OH SÍ, SENPAI! ¡PÉGAME MÁS POR FAVOR!
¿Y CUÁL SERÍA NUESTRA MISIÓN?
¡¿KUALO?!
¡DÍNOSLO!
¡SÍ!
¡SÍ!

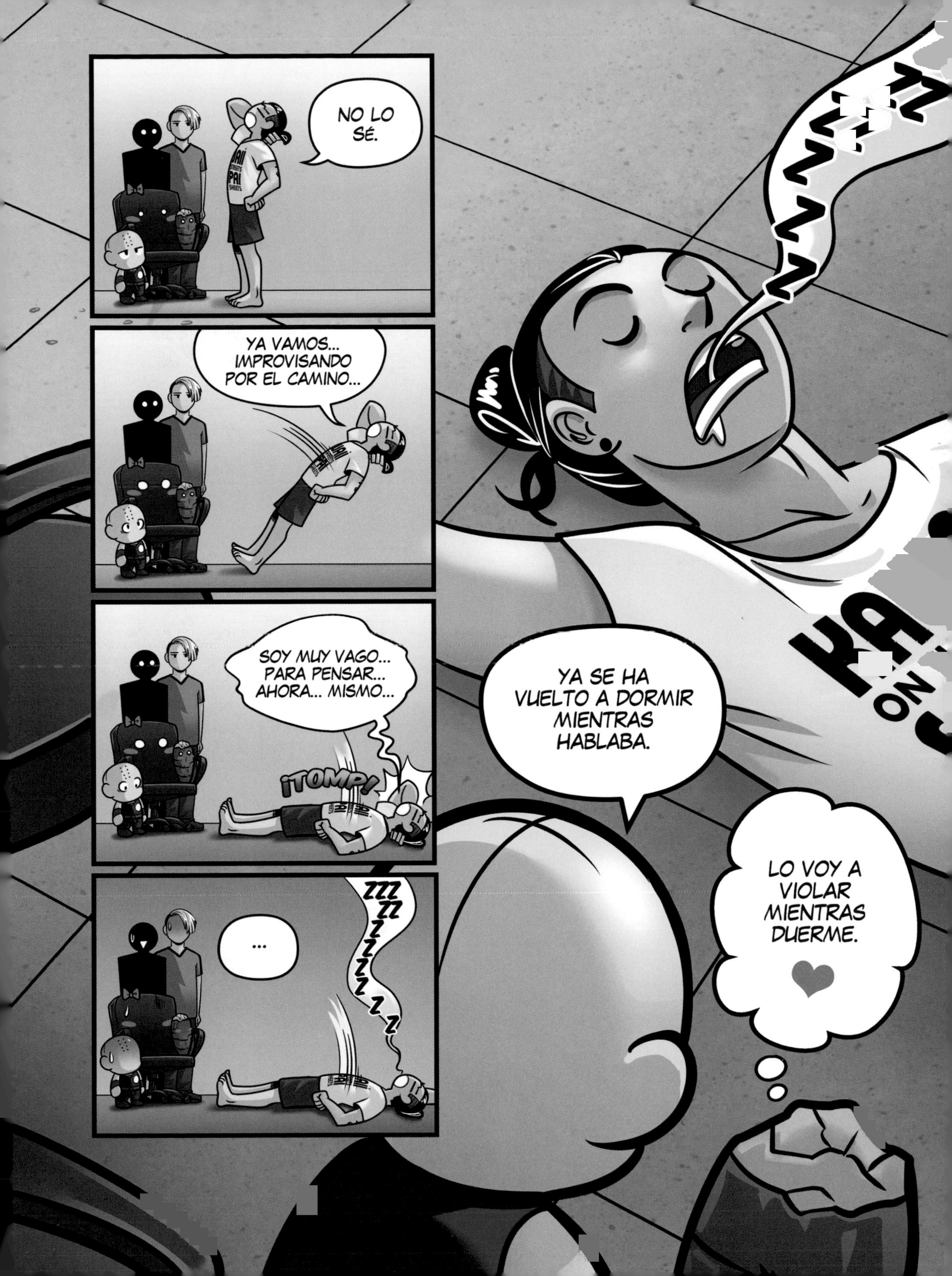
NO LO SÉ.
YA VAMOS... IMPROVISANDO POR EL CAMINO...
SOY MUY VAGO... PARA PENSAR... AHORA... MISMO...
¡TOMP!
ZZZ ZZ Z Z Z Z Z Z
...
ZZZZZZ
YA SE HA VUELTO A DORMIR MIENTRAS HABLABA.
LO VOY A VIOLAR MIENTRAS DUERME.

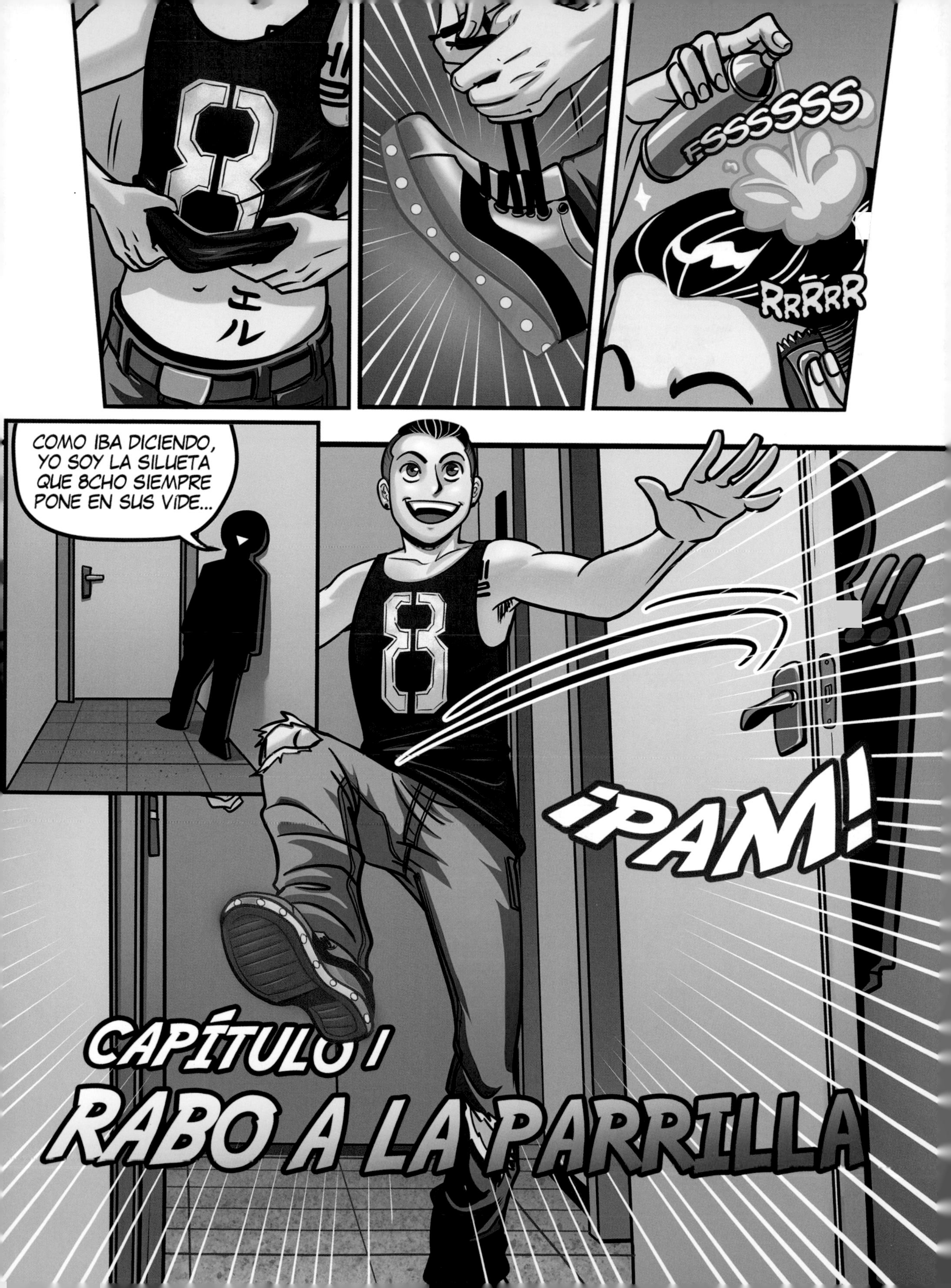

エル
FSSSSSS
RRRRR
COMO IBA DICIENDO, YO SOY LA SILUETA QUE 8CHO SIEMPRE PONE EN SUS VIDE...
¡PAM!
CAPÍTULO I
RABO A LA PARRILLA

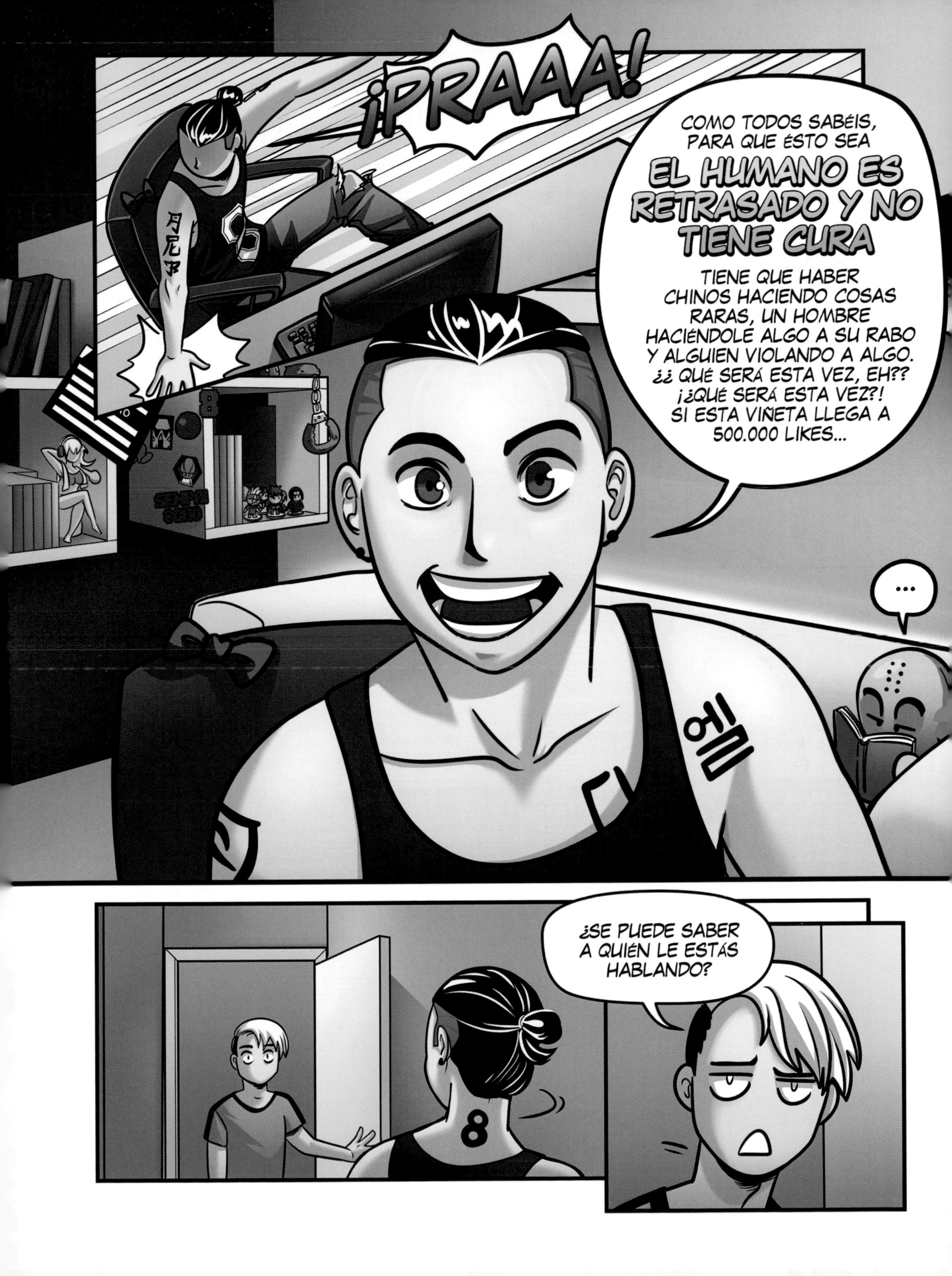
¡PRAAA!
COMO TODOS SABÉIS, PARA QUE ÉSTO SEA
EL HUMANO ES RETRASADO Y NO TIENE CURA
TIENE QUE HABER CHINOS HACIENDO COSAS RARAS, UN HOMBRE HACIÉNDOLE ALGO A SU RABO Y ALGUIEN VIOLANDO A ALGO. ¿¿ QUÉ SERÁ ESTA VEZ, EH?? ¡¿QUÉ SERÁ ESTA VEZ?! SI ESTA VIÑETA LLEGA A 500.000 LIKES...
...
¿SE PUEDE SABER A QUIÉN LE ESTÁS HABLANDO?

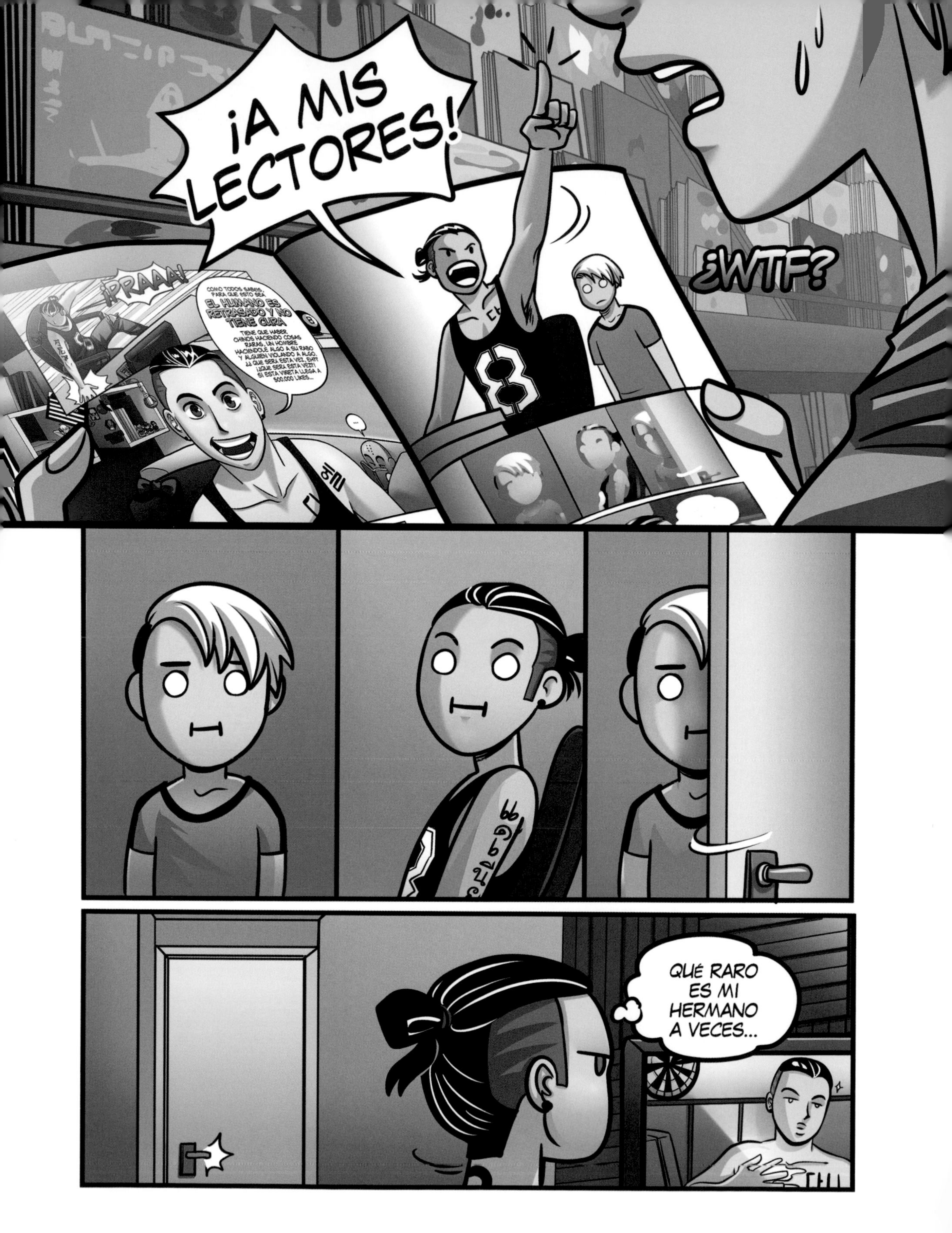
¡A MIS LECTORES!
¡PRAAA!
COMO TODOS SABEIS, PARA QUE ESTO SEA
EL HUMANO ES RETRASADO Y NO TIENE CURA
TIENE QUE HABER CHINOS HACIENDO COSAS RARAS, UN HOMBRE HACIENDOLÉ ALGO A SU RABO Y ALGUIEN VIOLANDO A ALGO. ¿¿ QUE SERA ESTA VEZ, EH??
¡¿QUE SERA ESTA VEZ?!
SI ESTA VIÑETA LLEGA A 500.000 LIKES...
¿WTF?
QUÉ RARO ES MI HERMANO A VECES...

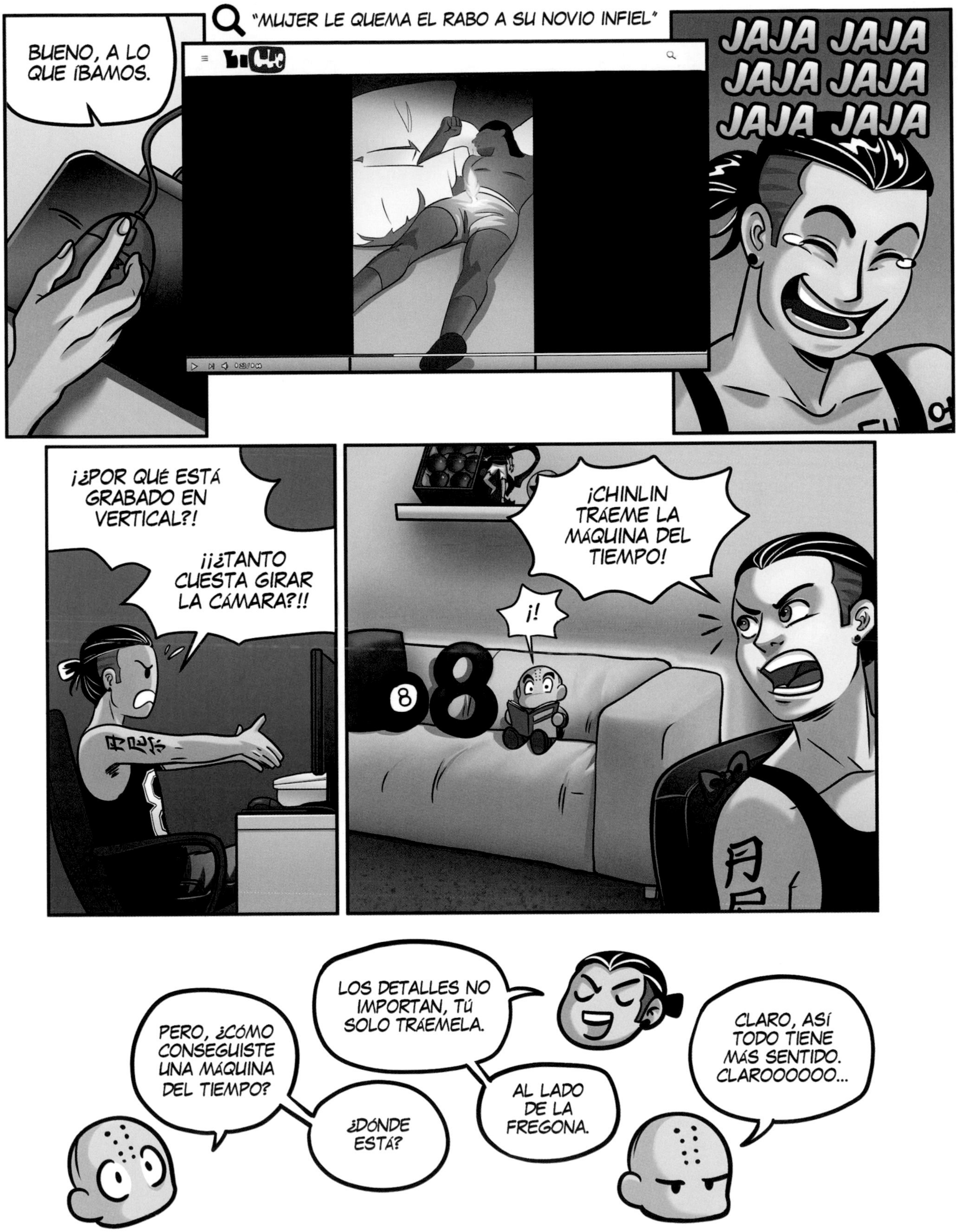
BUENO, A LO QUE ÍBAMOS.
"MUJER LE QUEMA EL RABO A SU NOVIO INFIEL"
JAJA JAJA JAJA JAJA JAJA JAJA
¡¿POR QUÉ ESTÁ GRABADO EN VERTICAL?!
¡¡¿TANTO CUESTA GIRAR LA CÁMARA?!!
¡CHINLIN TRÁEME LA MÁQUINA DEL TIEMPO!
¡!
PERO, ¿CÓMO CONSEGUISTE UNA MÁQUINA DEL TIEMPO?
LOS DETALLES NO IMPORTAN, TÚ SOLO TRÁEMELA.
¿DÓNDE ESTÁ?
AL LADO DE LA FREGONA.
CLARO, ASÍ TODO TIENE MÁS SENTIDO. CLAROOOOOO...

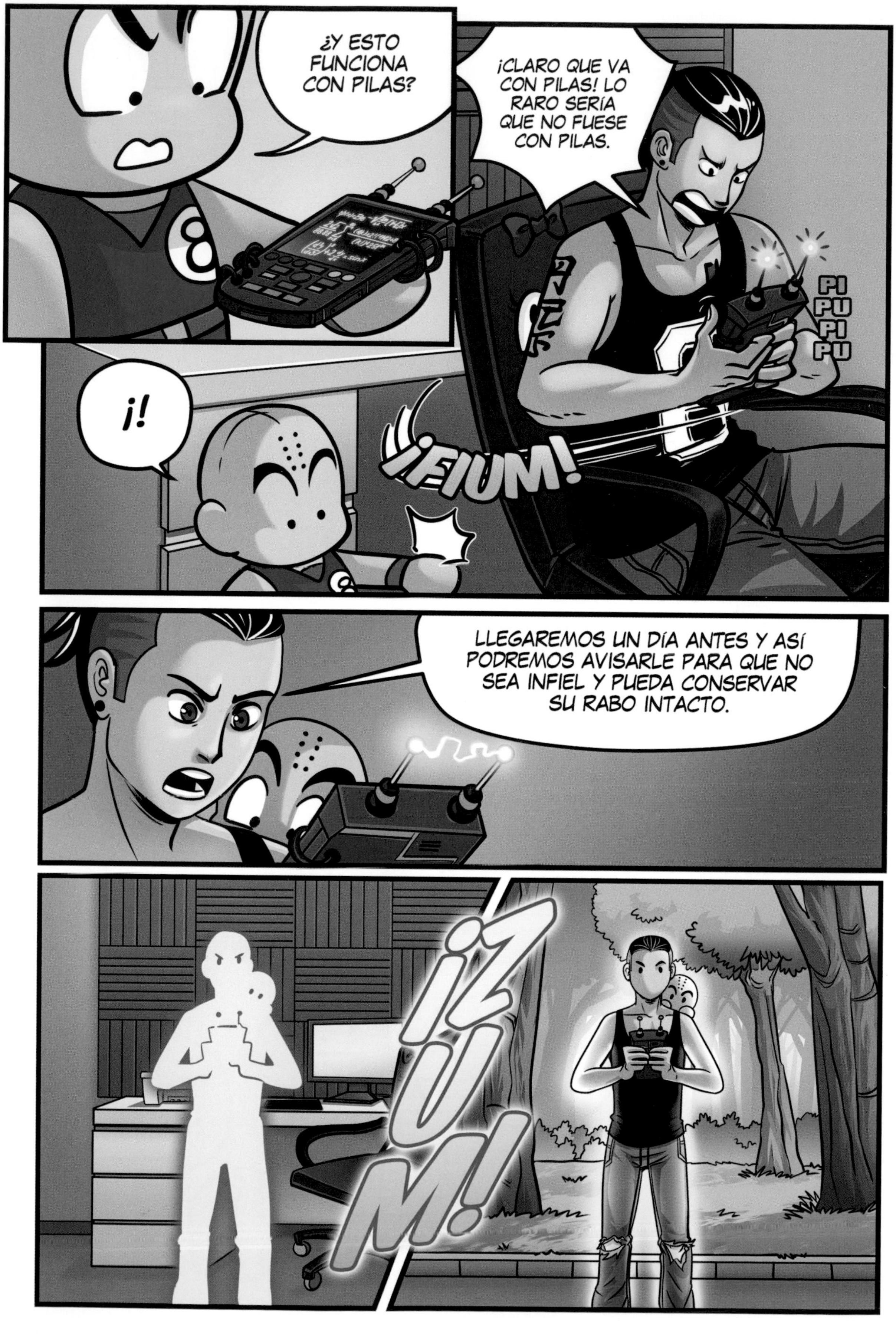
¿Y ESTO FUNCIONA CON PILAS?
¡CLARO QUE VA CON PILAS! LO RARO SERÍA QUE NO FUESE CON PILAS.
PI PU PI PU
¡!
¡FIUM!
LLEGAREMOS UN DÍA ANTES Y ASÍ PODREMOS AVISARLE PARA QUE NO SEA INFIEL Y PUEDA CONSERVAR SU RABO INTACTO.
¡ZUUM!

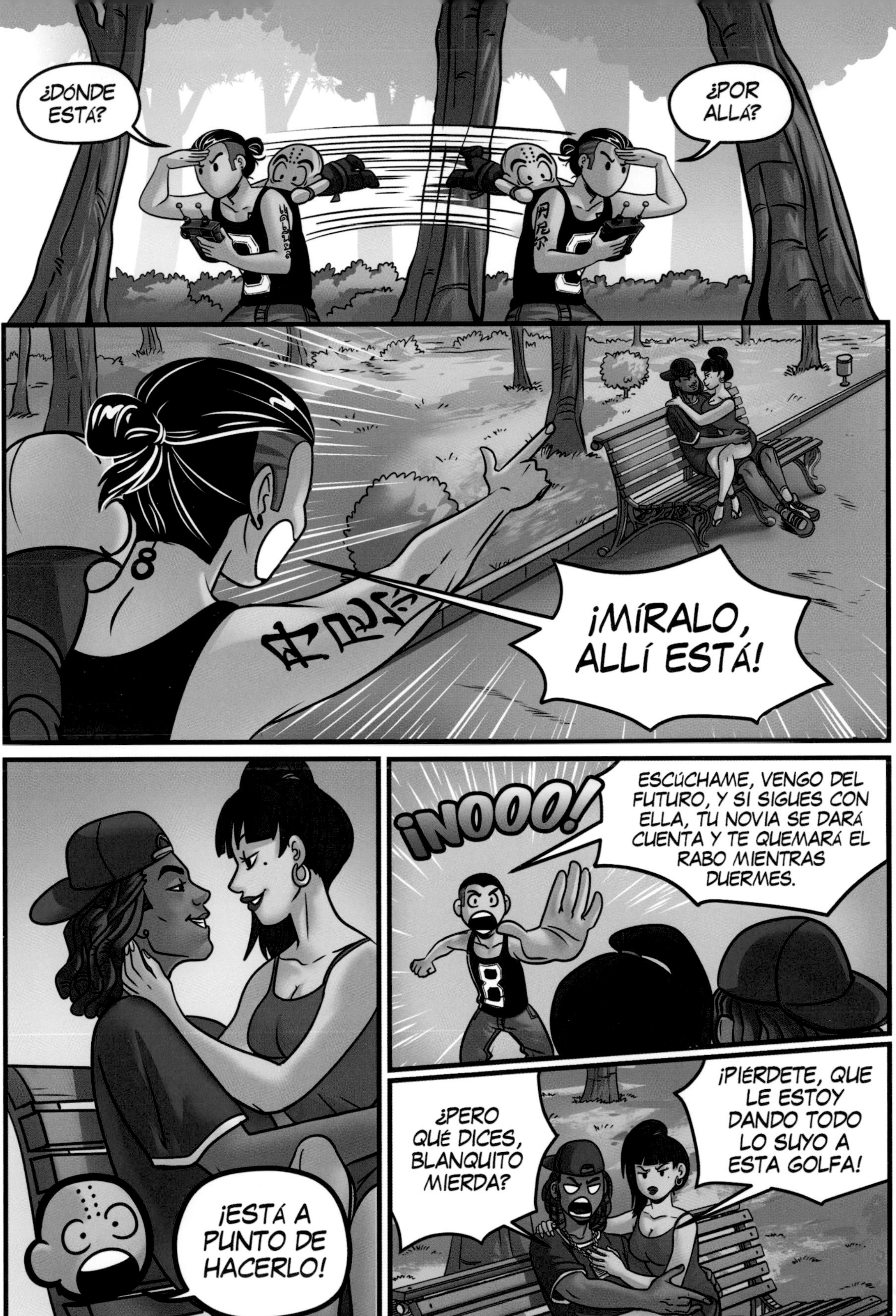
¿DÓNDE ESTÁ?
¿POR ALLÁ?
¡MÍRALO, ALLÍ ESTÁ!
¡ESTÁ A PUNTO DE HACERLO!
¡NOOO!
ESCÚCHAME, VENGO DEL FUTURO, Y SI SIGUES CON ELLA, TU NOVIA SE DARÁ CUENTA Y TE QUEMARÁ EL RABO MIENTRAS DUERMES.
¿PERO QUÉ DICES, BLANQUITO MIERDA?
¡PIÉRDETE, QUE LE ESTOY DANDO TODO LO SUYO A ESTA GOLFA!

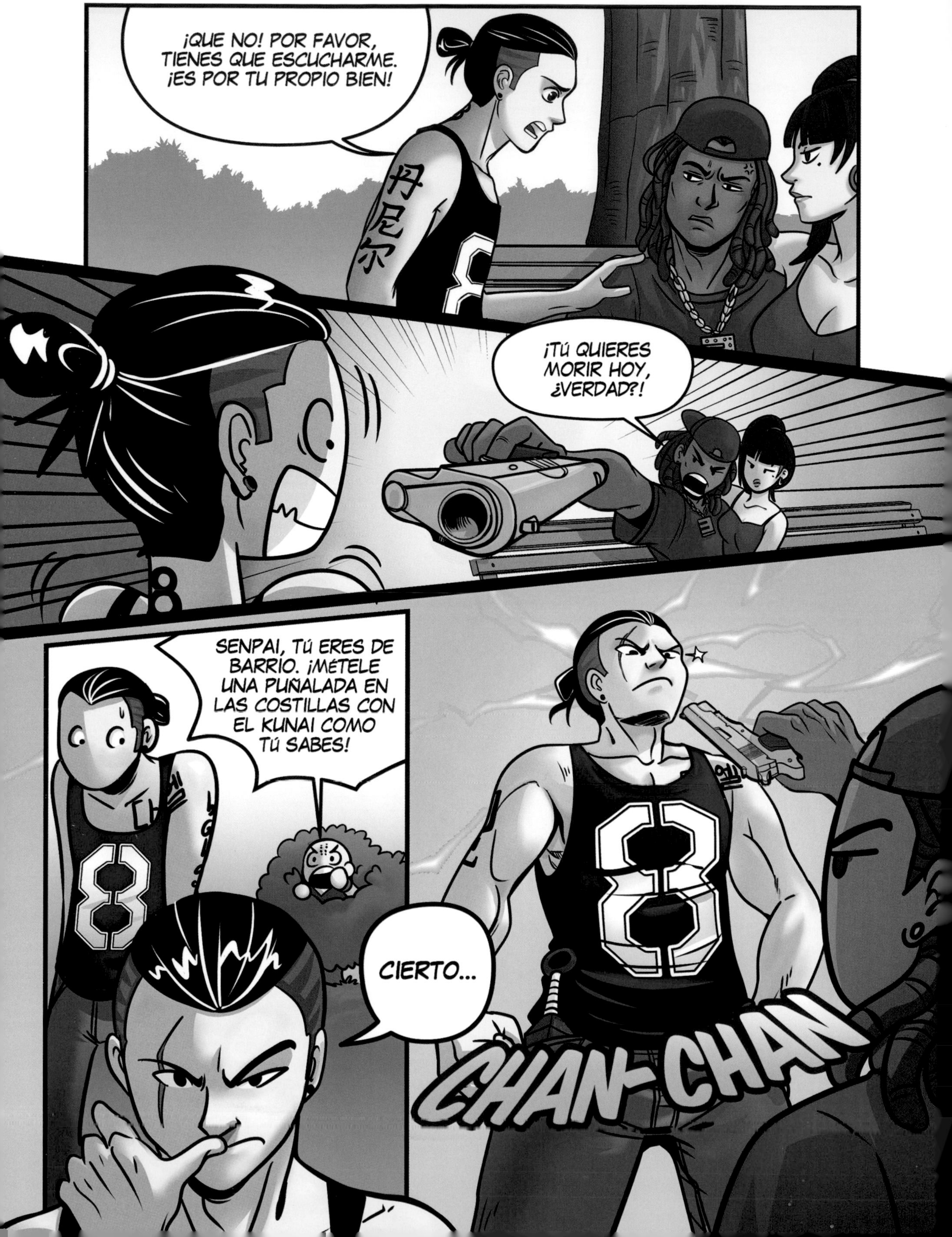
¡QUE NO! POR FAVOR, TIENES QUE ESCUCHARME. ¡ES POR TU PROPIO BIEN!
¡TÚ QUIERES MORIR HOY, ¿VERDAD?!
SENPAI, TÚ ERES DE BARRIO. ¡MÉTELE UNA PUÑALADA EN LAS COSTILLAS CON EL KUNAI COMO TÚ SABES!
CIERTO...
CHAN-CHAN

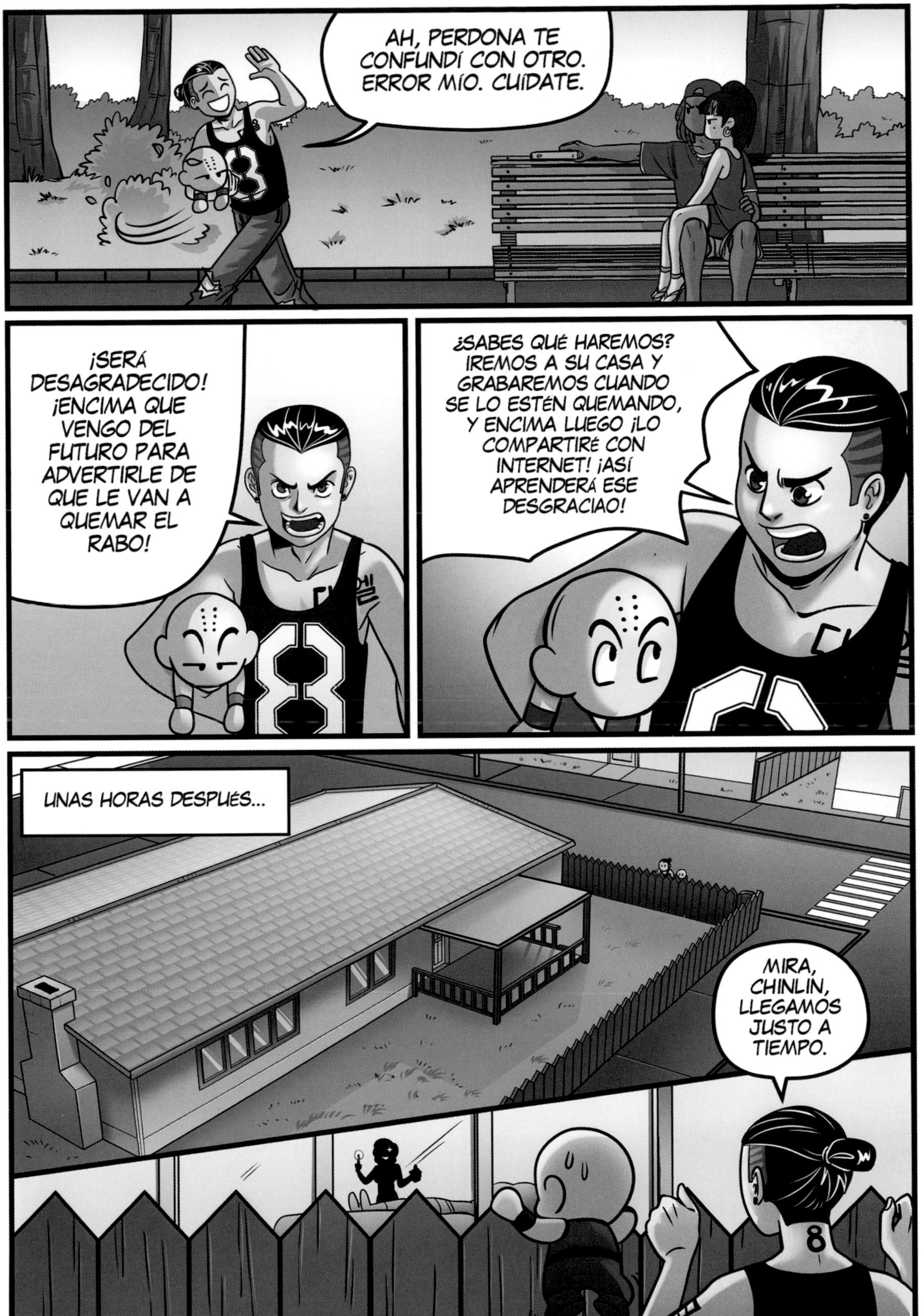
AH, PERDONA TE CONFUNDÍ CON OTRO. ERROR MÍO. CUÍDATE.
¡SERÁ DESAGRADECIDO! ¡ENCIMA QUE VENGO DEL FUTURO PARA ADVERTIRLE DE QUE LE VAN A QUEMAR EL RABO!
¿SABES QUÉ HAREMOS? IREMOS A SU CASA Y GRABAREMOS CUANDO SE LO ESTÉN QUEMANDO, Y ENCIMA LUEGO ¡LO COMPARTIRÉ CON INTERNET! ¡ASÍ APRENDERÁ ESE DESGRACIAO!
UNAS HORAS DESPUÉS...
MIRA, CHINLIN, LLEGAMOS JUSTO A TIEMPO.

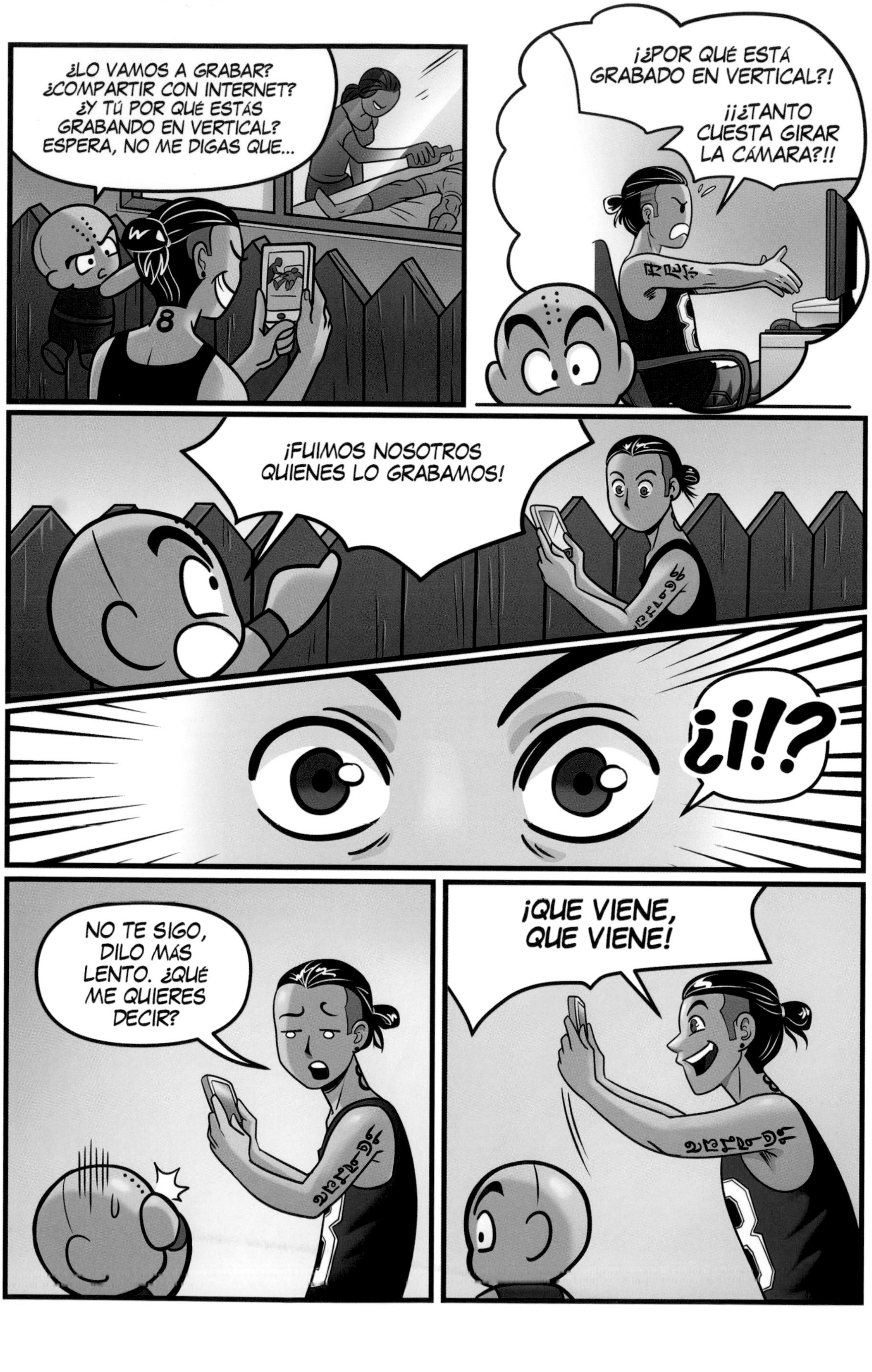
¿LO VAMOS A GRABAR? ¿COMPARTIR CON INTERNET? ¿Y TÚ POR QUÉ ESTÁS GRABANDO EN VERTICAL? ESPERA, NO ME DIGAS QUE...
¡¿POR QUÉ ESTÁ GRABADO EN VERTICAL?!
¡¡¿TANTO CUESTA GIRAR LA CÁMARA?!!
¡FUIMOS NOSOTROS QUIENES LO GRABAMOS!
¿¡!?
NO TE SIGO, DILO MÁS LENTO. ¿QUÉ ME QUIERES DECIR?
¡QUE VIENE, QUE VIENE!

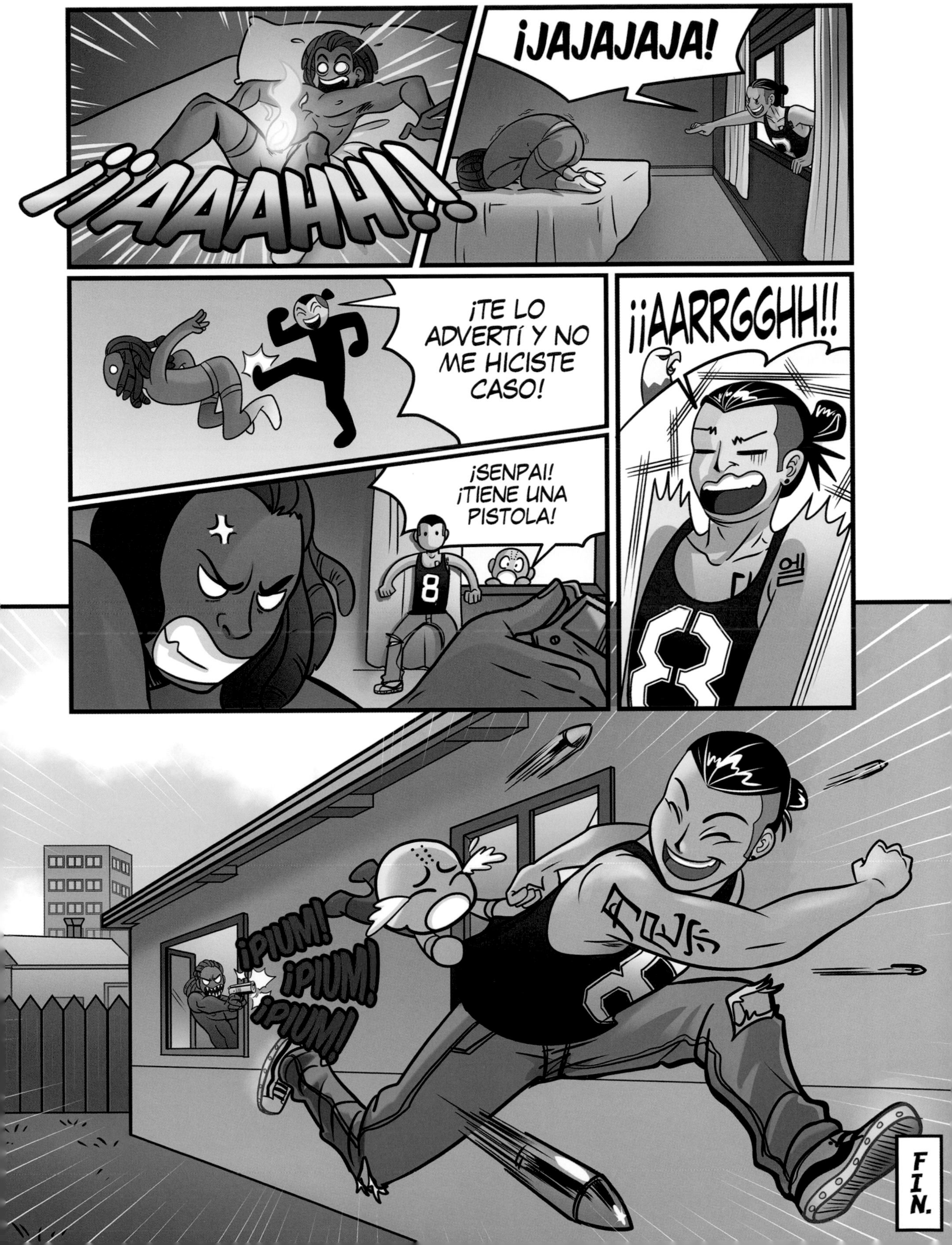
¡¡AAAHH!!
¡JAJAJAJA!
¡TE LO ADVERTÍ Y NO ME HICISTE CASO!
¡SENPAI! ¡TIENE UNA PISTOLA!
¡¡AARRGGHH!!
¡PIUM!
¡PIUM!
¡PIUM!
FIN.

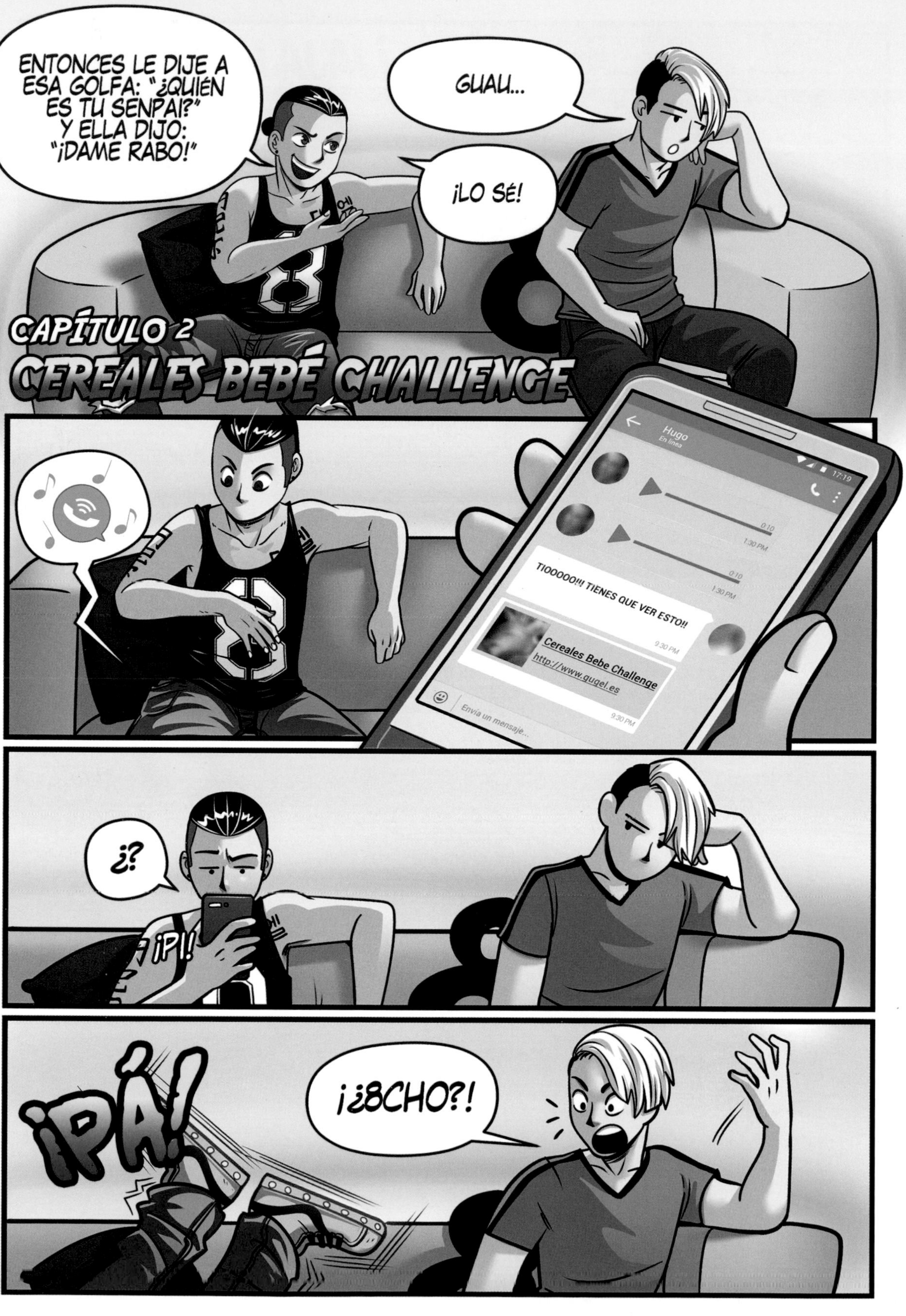
ENTONCES LE DIJE A ESA GOLFA: "¿QUIÉN ES TU SENPAI?" Y ELLA DIJO: "¡DAME RABO!"
GUAU...
¡LO SÉ!
CAPÍTULO 2
CEREALES BEBÉ CHALLENGE
Hugo
En línea
17:19
0:10
1:30 PM
TIOOOOO!! TIENES QUE VER ESTO!!
0:10
1:30 PM
Cereales Bebe Challenge
http://www.gugel.es
9:30 PM
Envía un mensaje...
9:30 PM
¿?
¡PI!
¡PÁ!
¡¿8CHO?!

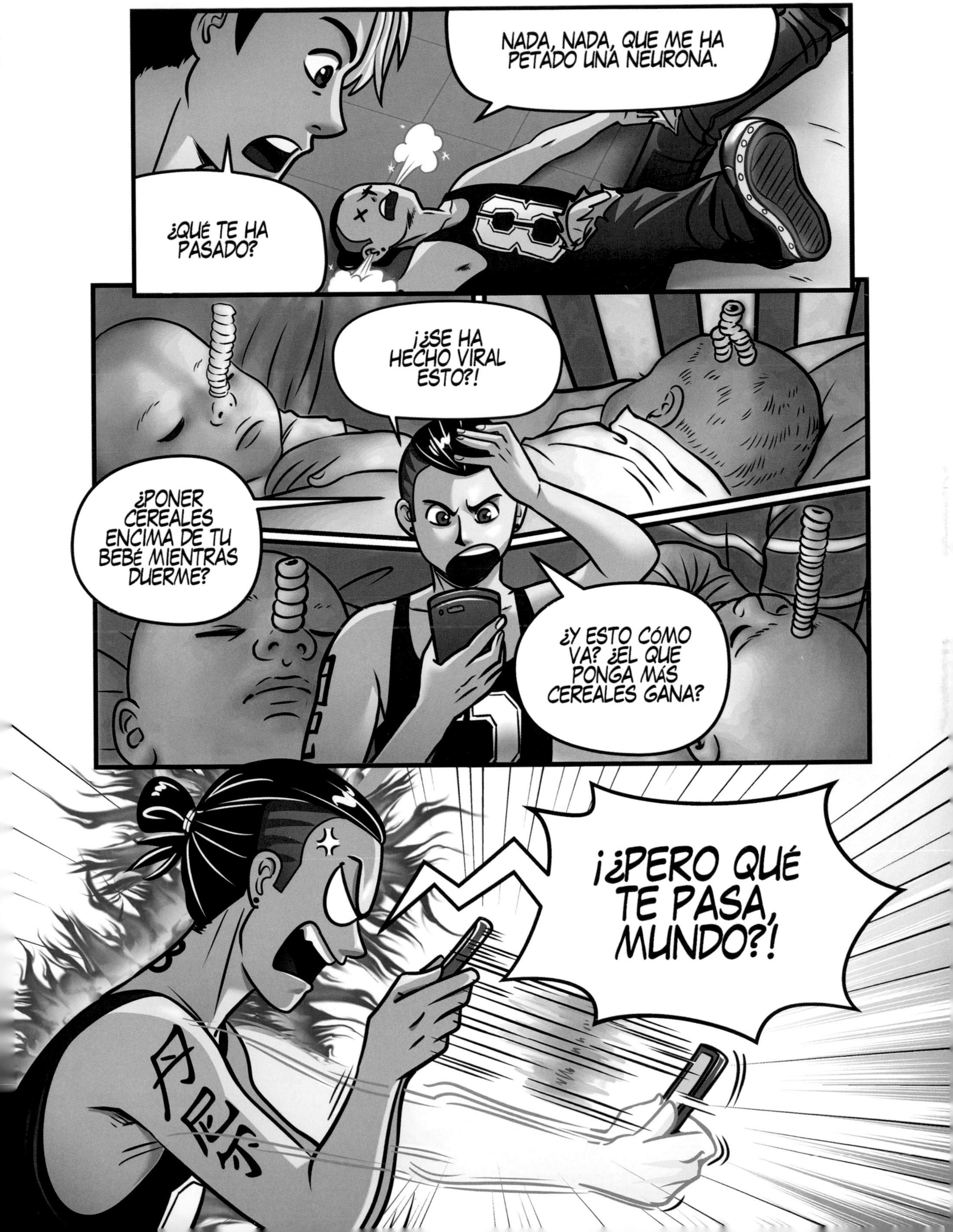
¿QUÉ TE HA PASADO?
NADA, NADA, QUE ME HA PETADO UNA NEURONA.
¡¿SE HA HECHO VIRAL ESTO?!
¿PONER CEREALES ENCIMA DE TU BEBÉ MIENTRAS DUERME?
¿Y ESTO CÓMO VA? ¿EL QUE PONGA MÁS CEREALES GANA?
¡¿PERO QUÉ TE PASA, MUNDO?!

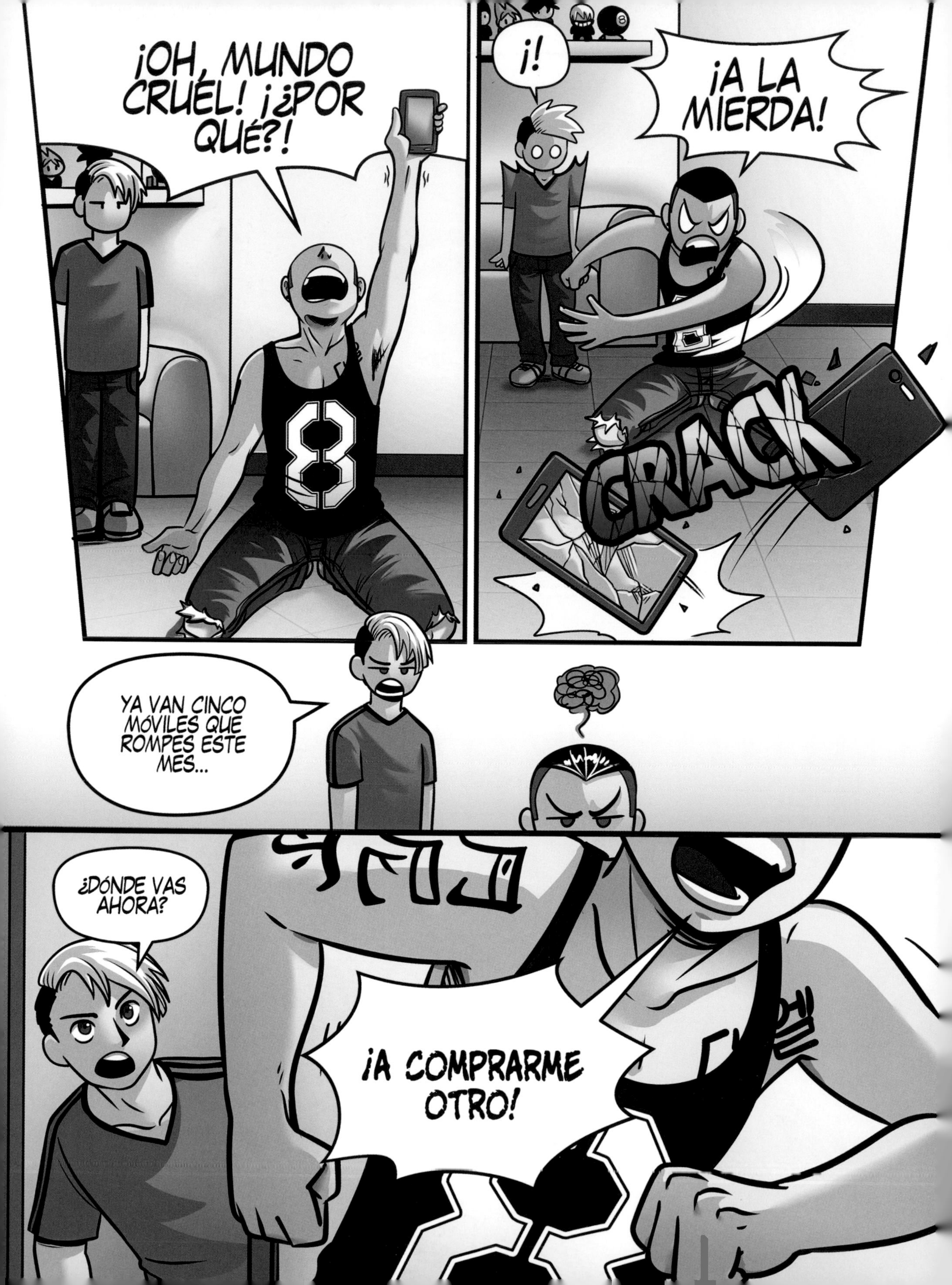
¡OH, MUNDO CRUEL! ¡¿POR QUÉ?!
¡!
¡A LA MIERDA!
CRACK
YA VAN CINCO MÓVILES QUE ROMPES ESTE MES...
¿DÓNDE VAS AHORA?
¡A COMPRARME OTRO!

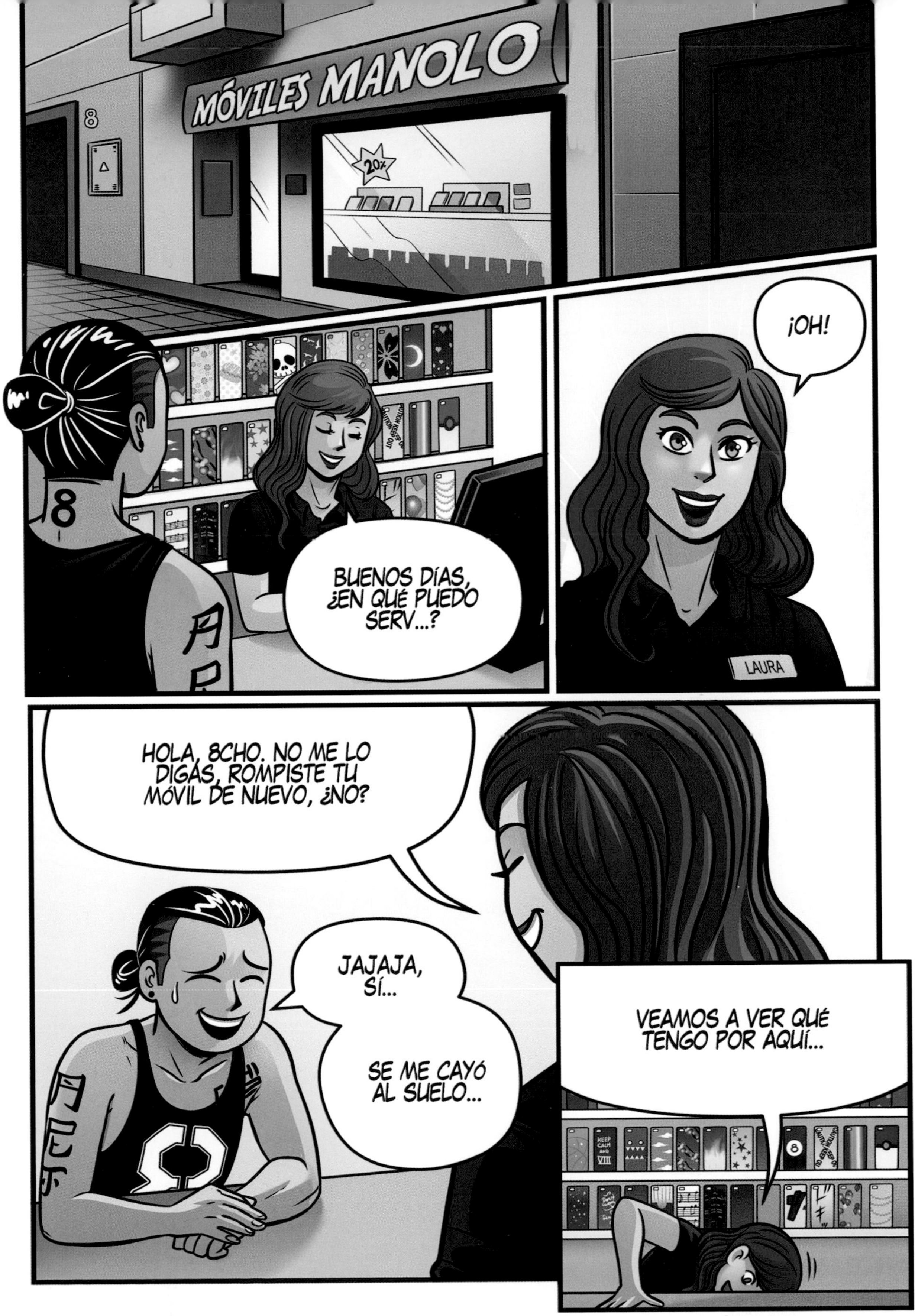
MÓVILES MANOLO
20%
BUENOS DÍAS, ¿EN QUÉ PUEDO SERV...?
¡OH!
LAURA
HOLA, 8CHO. NO ME LO DIGAS, ROMPISTE TU MÓVIL DE NUEVO, ¿NO?
JAJAJA, SÍ...
SE ME CAYÓ AL SUELO...
VEAMOS A VER QUÉ TENGO POR AQUÍ...

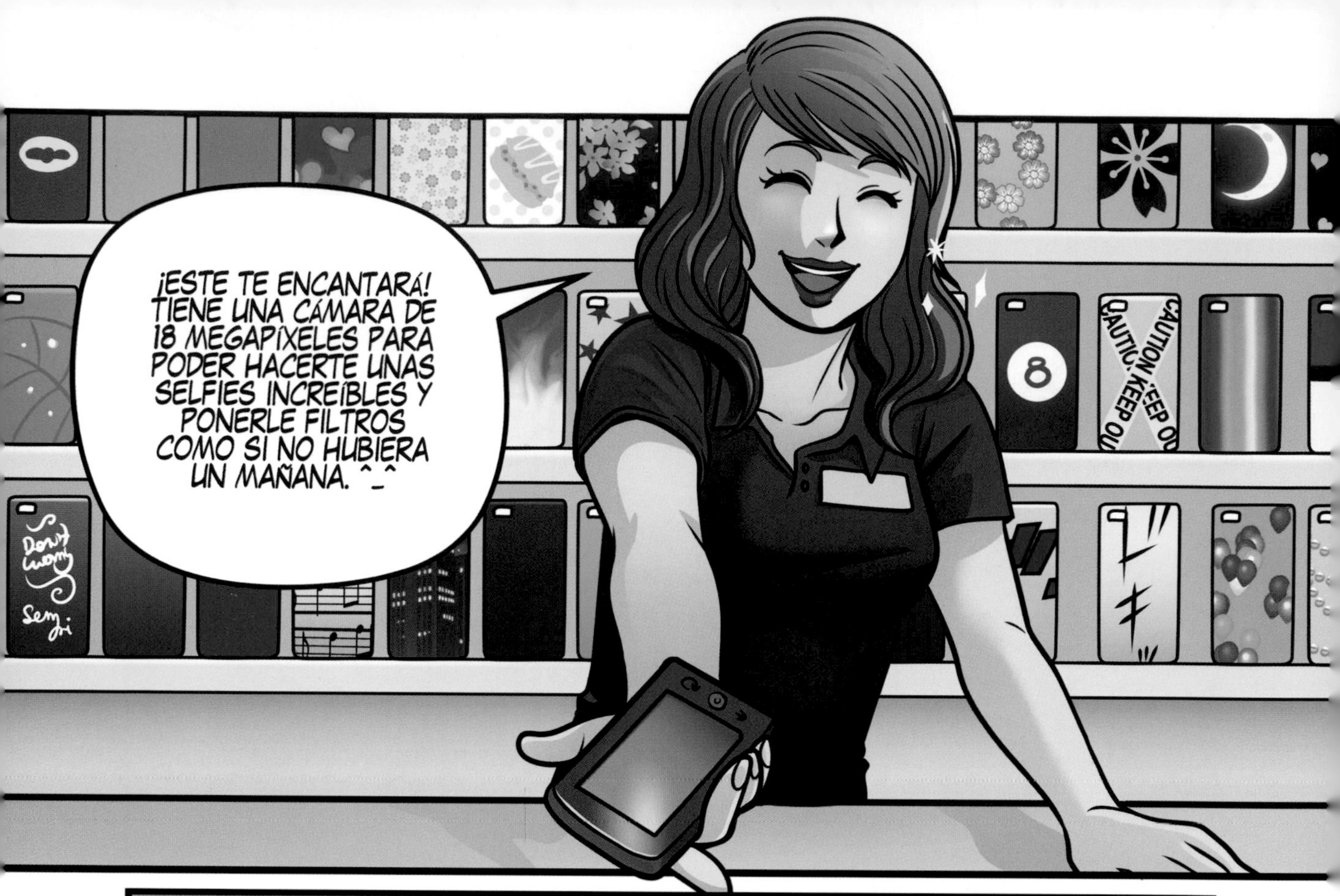
¡ESTE TE ENCANTARÁ! TIENE UNA CÁMARA DE 18 MEGAPÍXELES PARA PODER HACERTE UNAS SELFIES INCREÍBLES Y PONERLE FILTROS COMO SI NO HUBIERA UN MAÑANA. ^_^

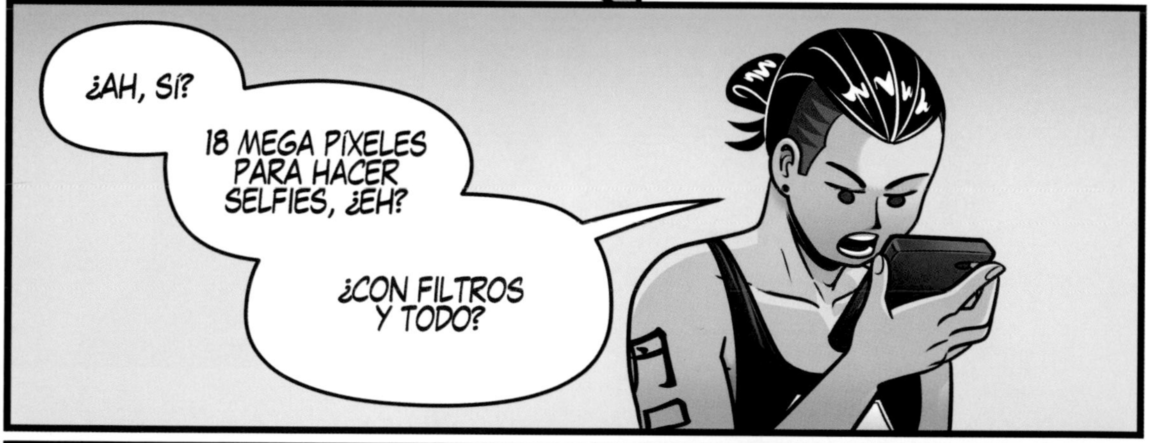
¿AH, SÍ?
18 MEGA PÍXELES PARA HACER SELFIES, ¿EH?
¿CON FILTROS Y TODO?

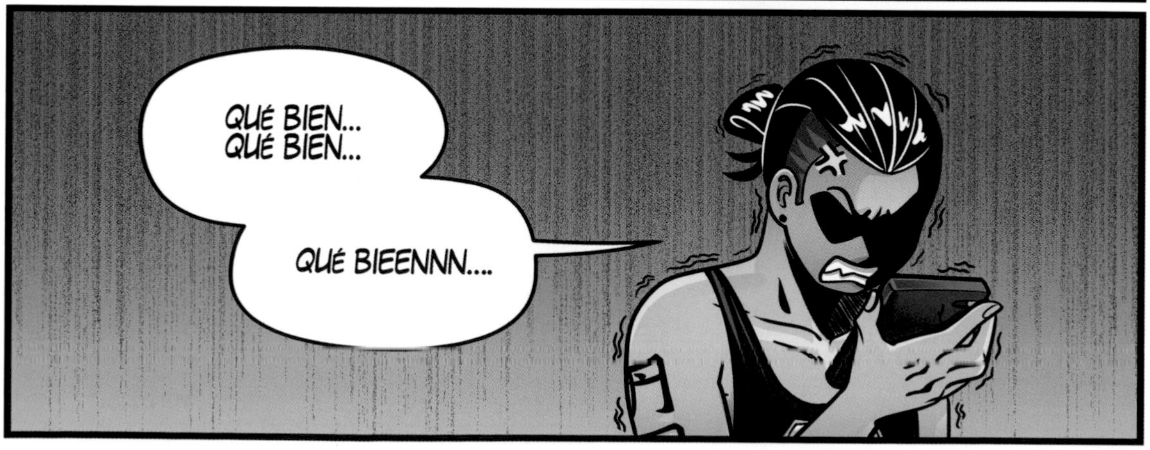
QUÉ BIEN... QUÉ BIEN...
QUÉ BIEENNN....

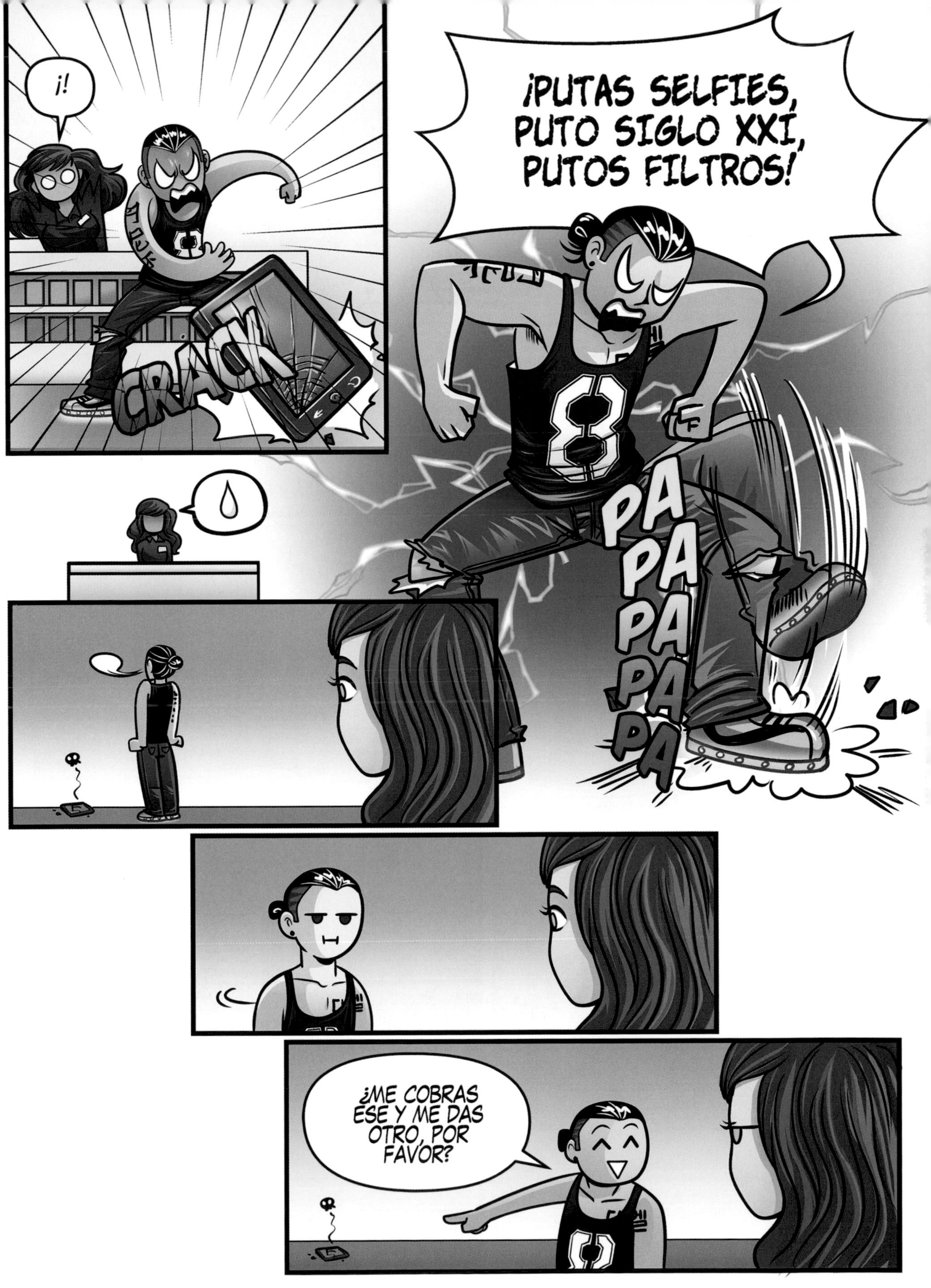

¡!
CRACK
¡PUTAS SELFIES, PUTO SIGLO XXI, PUTOS FILTROS!
PA PA PA PA PA PA
¿ME COBRAS ESE Y ME DAS OTRO, POR FAVOR?

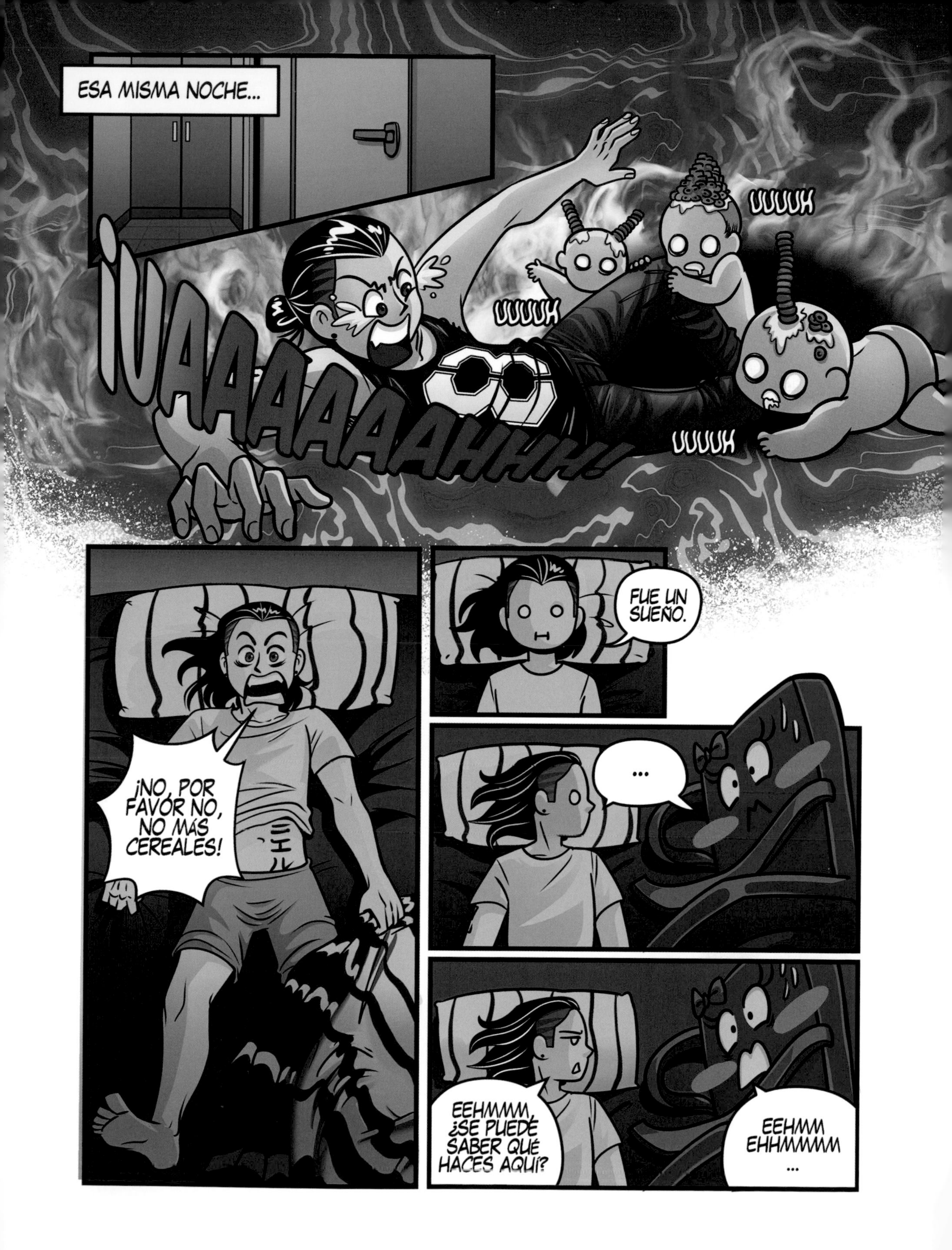
ESA MISMA NOCHE...
¡UAAAAAAAAHHHH!
UUUUH
UUUUH
UUUUH
¡NO, POR FAVOR NO, NO MÁS CEREALES!
FUE UN SUEÑO.
...
EEHMMM, ¿SE PUEDE SABER QUÉ HACES AQUÍ?
EEHMM EHHMMMM ...

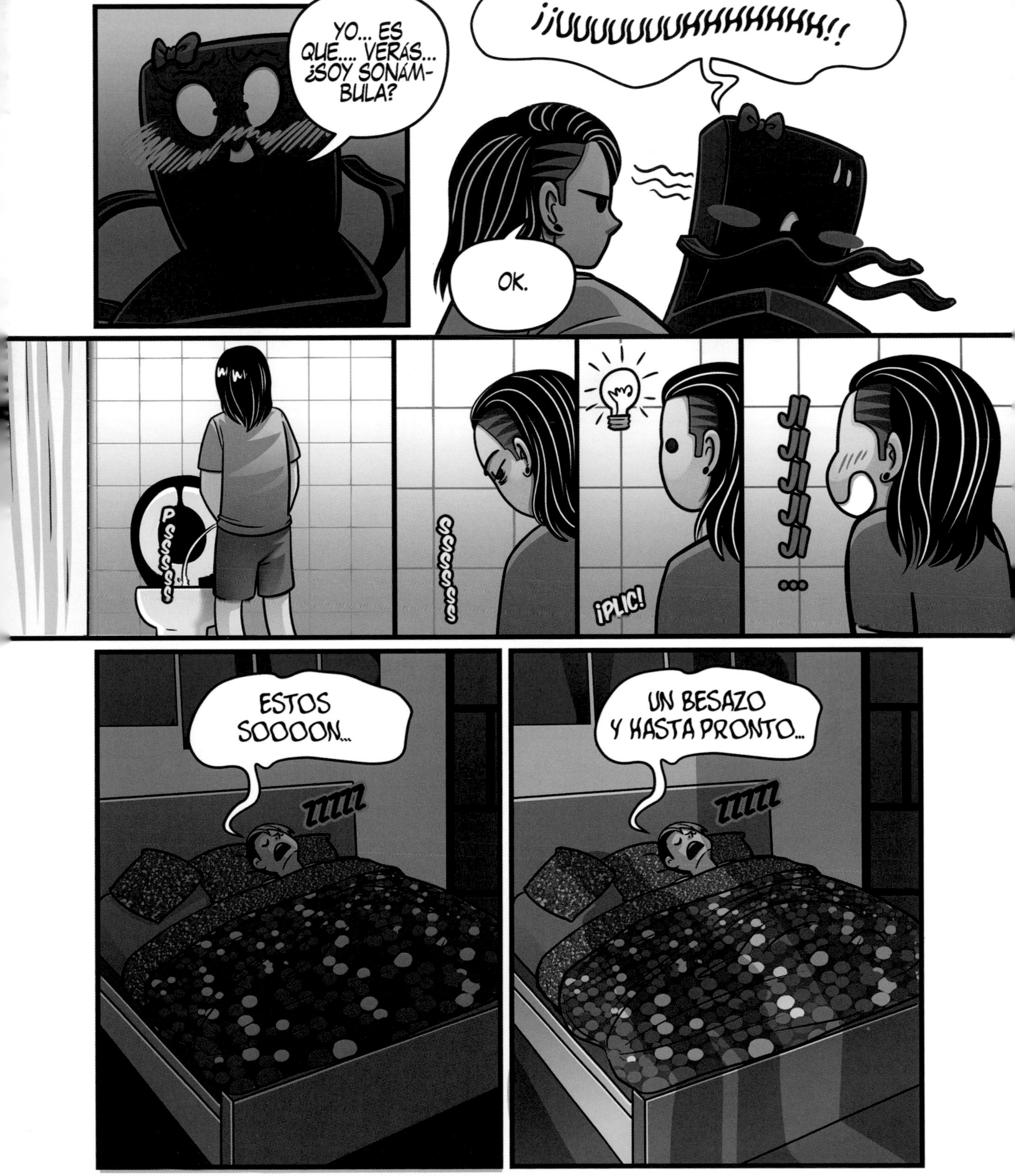
YO... ES QUE.... VERÁS... ¿SOY SONÁMBULA?
¡¡UUUUUUUHHHHHHH!!
OK.
PSSSSS
SSSSSSS
¡PLIC!
JJJJJJJ...
ESTOS SOOOON...
ZZZZZ
UN BESAZO Y HASTA PRONTO...
ZZZZZ

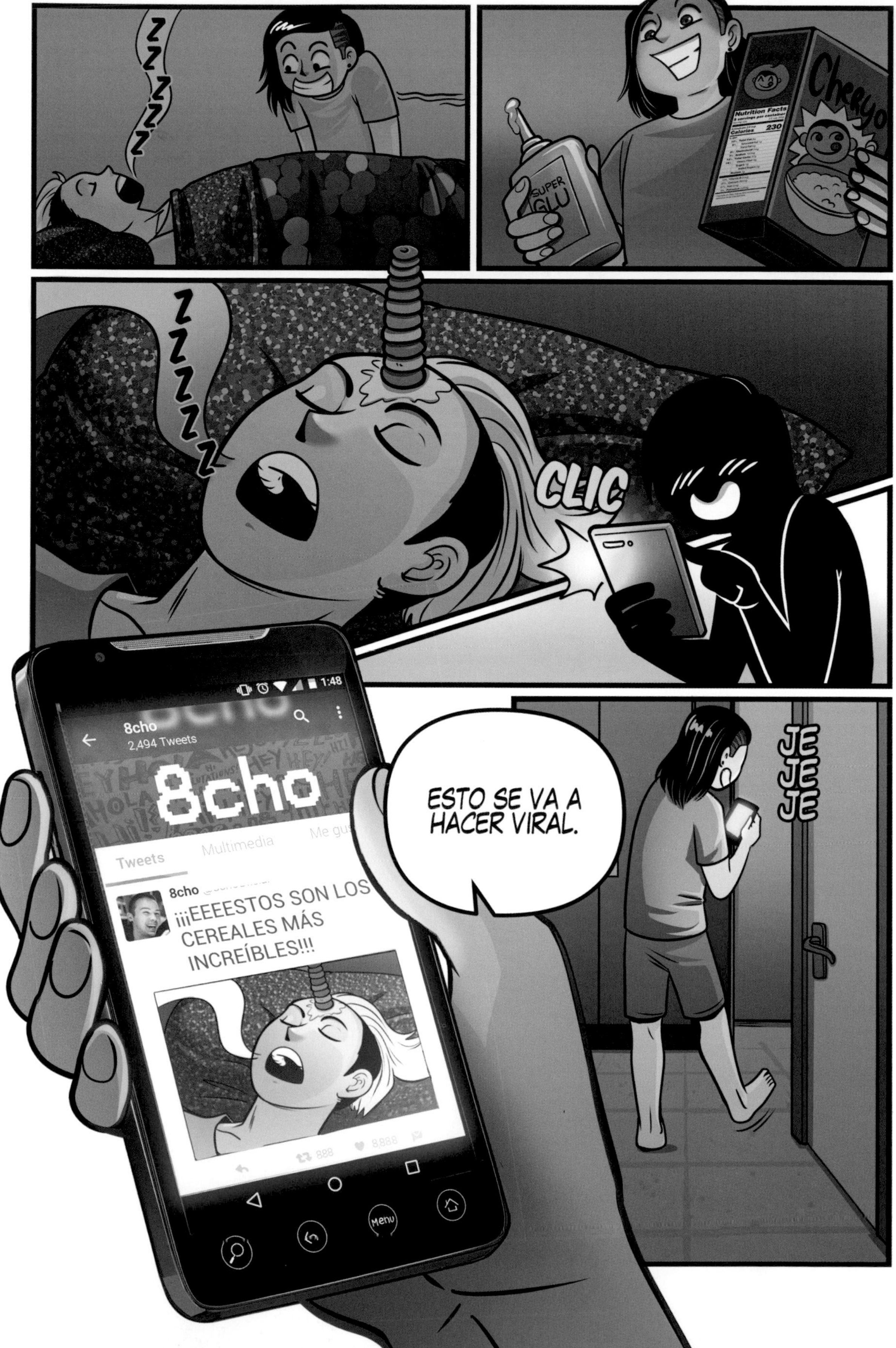
ZZZZZZ
SUPER GLU
Nutrition Facts
Calories 230
Cheryo
ZZZZZ
CLIC
8cho
2,494 Tweets
8cho
Tweets
Multimedia
Me gu
8cho
¡¡¡EEEESTOS SON LOS CEREALES MÁS INCREÍBLES!!!
888
8888
Menu
ESTO SE VA A HACER VIRAL.
JE JE JE

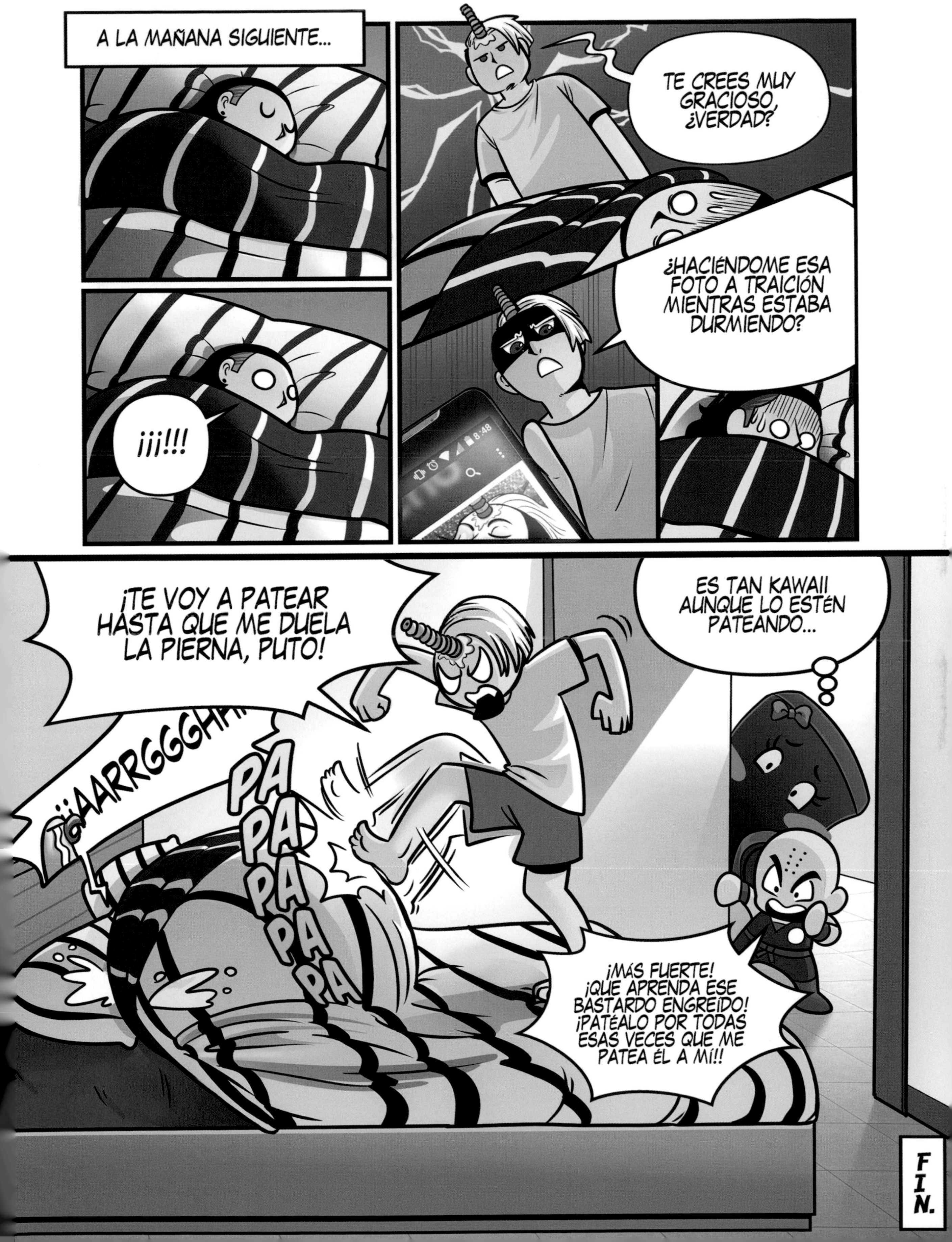
A LA MAÑANA SIGUIENTE...
TE CREES MUY GRACIOSO, ¿VERDAD?
¿HACIÉNDOME ESA FOTO A TRAICIÓN MIENTRAS ESTABA DURMIENDO?
¡¡¡!!!
8:48
¡TE VOY A PATEAR HASTA QUE ME DUELA LA PIERNA, PUTO!
ES TAN KAWAII AUNQUE LO ESTÉN PATEANDO...
PA PA PA PA PA PA PA
¡MÁS FUERTE! ¡QUE APRENDA ESE BASTARDO ENGREÍDO! ¡PATÉALO POR TODAS ESAS VECES QUE ME PATEA ÉL A MÍ!!
FIN.

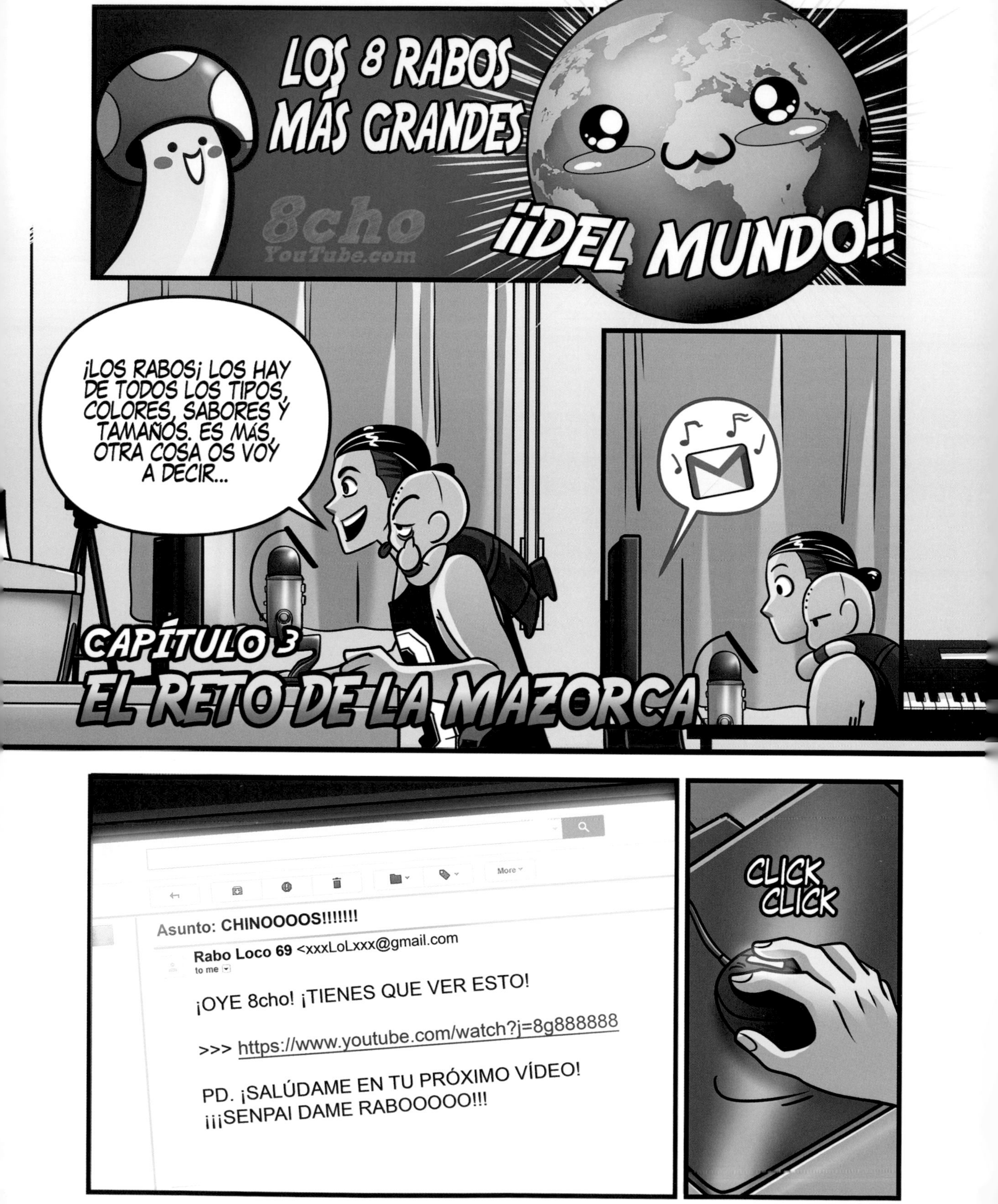
LOS 8 RABOS MÁS GRANDES
8cho
YouTube.com
¡¡DEL MUNDO!!
¡LOS RABOS¡ LOS HAY DE TODOS LOS TIPOS, COLORES, SABORES Y TAMAÑOS. ES MÁS, OTRA COSA OS VOY A DECIR...
CAPÍTULO 3
EL RETO DE LA MAZORCA
More
Asunto: CHINOOOOS!!!!!!!
Rabo Loco 69 <xxxLoLxxx@gmail.com
to me
¡OYE 8cho! ¡TIENES QUE VER ESTO!
>>> https://www.youtube.com/watch?j=8g888888
PD. ¡SALÚDAME EN TU PRÓXIMO VÍDEO!
¡¡¡SENPAI DAME RABOOOOO!!!
CLICK CLICK

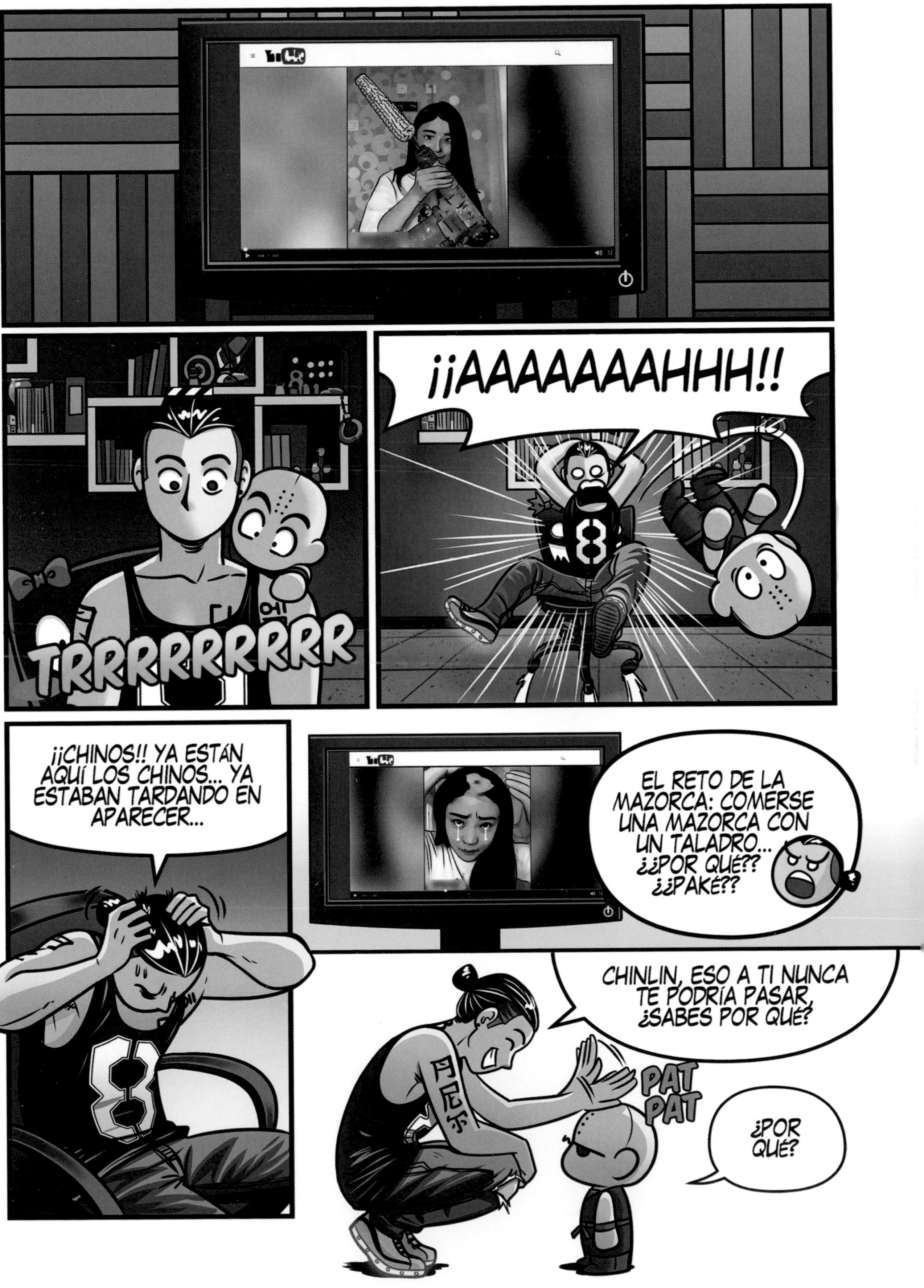
TRRRRRRRRR
¡¡AAAAAAAHHH!!
¡¡CHINOS!! YA ESTÁN AQUÍ LOS CHINOS... YA ESTABAN TARDANDO EN APARECER...
EL RETO DE LA MAZORCA: COMERSE UNA MAZORCA CON UN TALADRO... ¿¿POR QUÉ?? ¿¿PAKÉ??
CHINLIN, ESO A TI NUNCA TE PODRÍA PASAR, ¿SABES POR QUÉ?
PAT PAT
¿POR QUÉ?

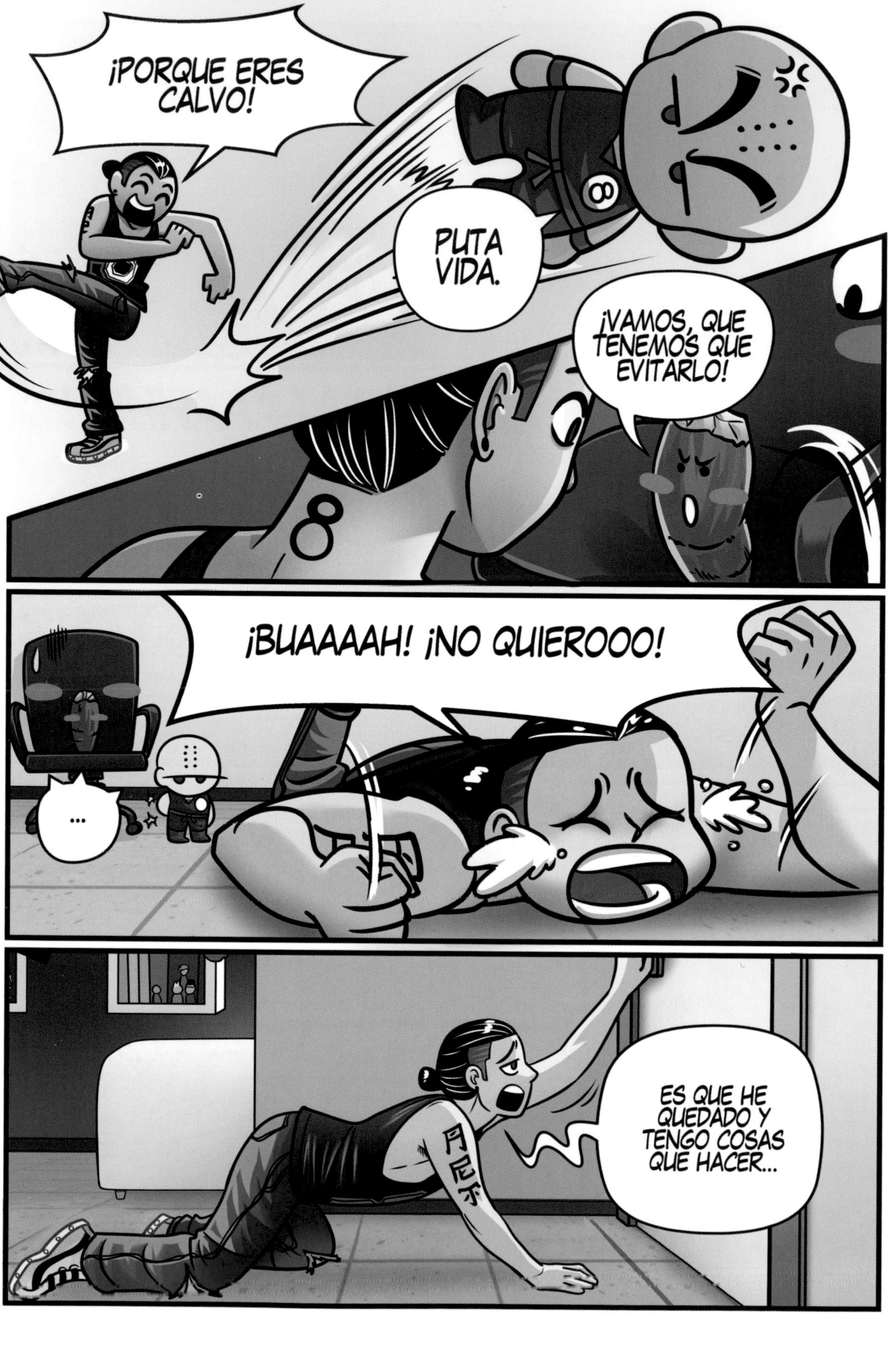
¡PORQUE ERES CALVO!
PUTA VIDA.
¡VAMOS, QUE TENEMOS QUE EVITARLO!
¡BUAAAAH! ¡NO QUIEROOO!
...
ES QUE HE QUEDADO Y TENGO COSAS QUE HACER...

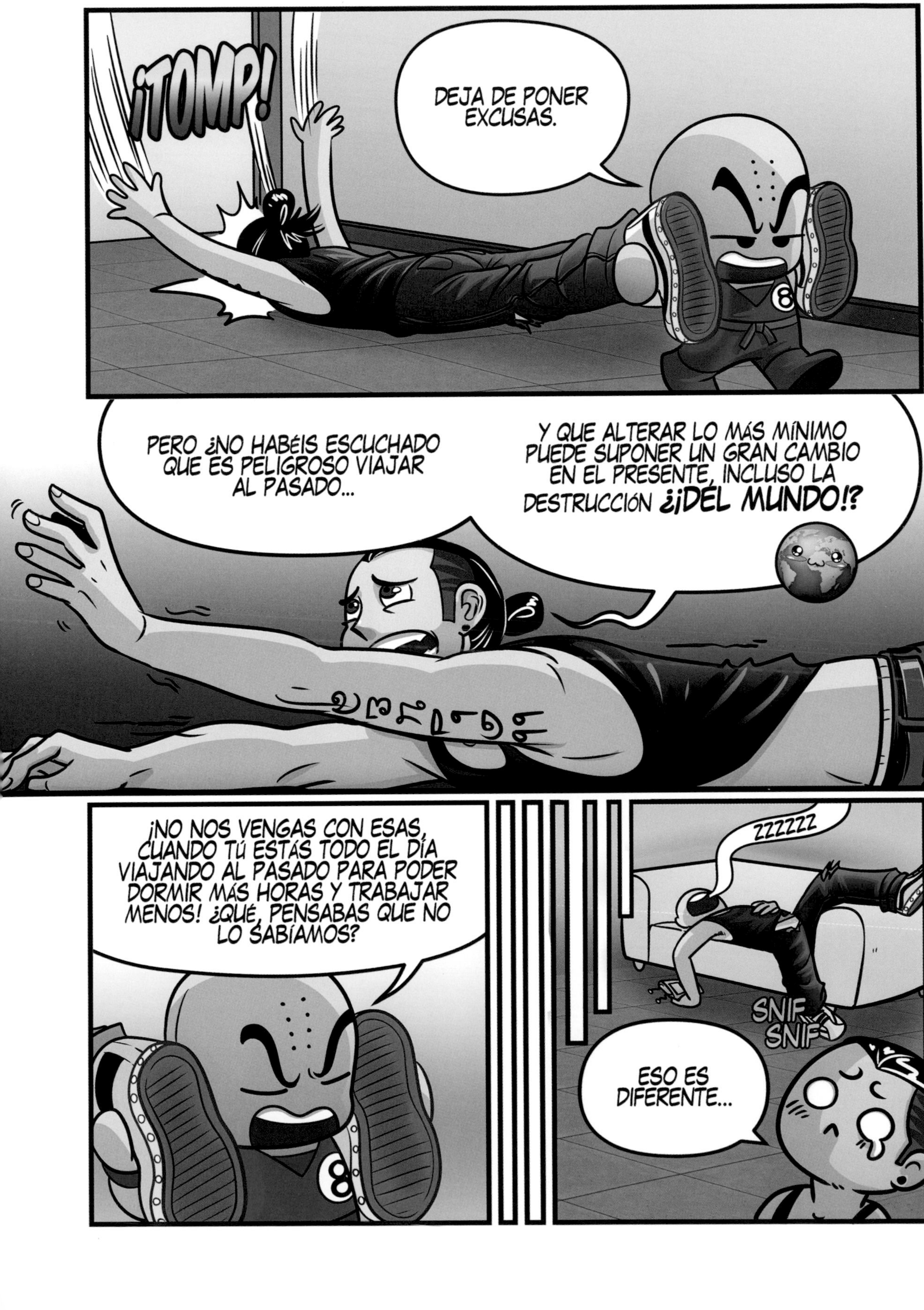
¡TOMP!
DEJA DE PONER EXCUSAS.
PERO ¿NO HABÉIS ESCUCHADO QUE ES PELIGROSO VIAJAR AL PASADO...
Y QUE ALTERAR LO MÁS MÍNIMO PUEDE SUPONER UN GRAN CAMBIO EN EL PRESENTE, INCLUSO LA DESTRUCCIÓN ¿¡DEL MUNDO!?
¡NO NOS VENGAS CON ESAS, CUANDO TÚ ESTÁS TODO EL DÍA VIAJANDO AL PASADO PARA PODER DORMIR MÁS HORAS Y TRABAJAR MENOS! ¿QUÉ, PENSABAS QUE NO LO SABÍAMOS?
ZZZZZZ
SNIF SNIF
ESO ES DIFERENTE...

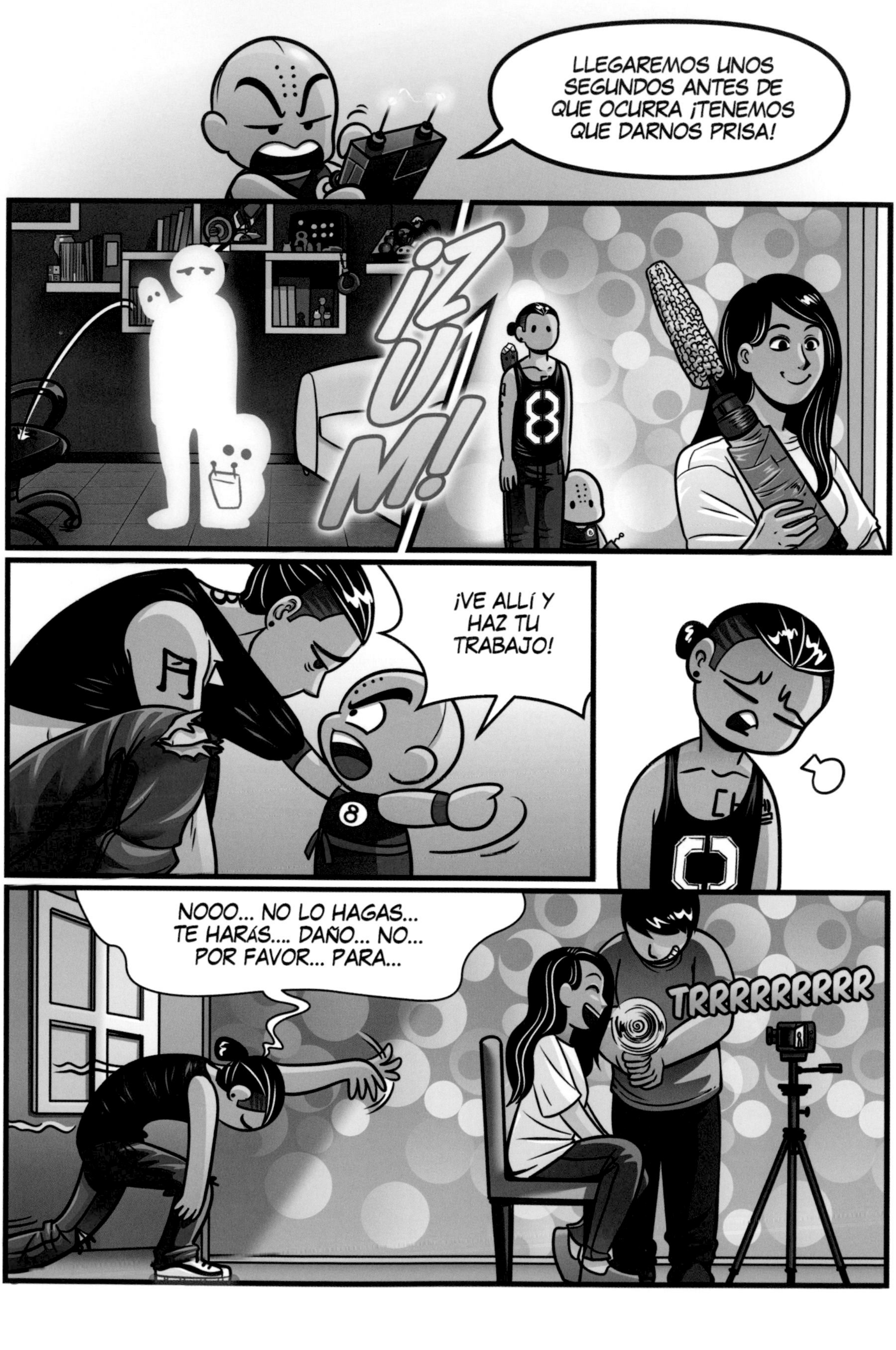
LLEGAREMOS UNOS SEGUNDOS ANTES DE QUE OCURRA ¡TENEMOS QUE DARNOS PRISA!
¡ZUUM!
¡VE ALLÍ Y HAZ TU TRABAJO!
NOOO... NO LO HAGAS... TE HARÁS.... DAÑO... NO... POR FAVOR... PARA...
TRRRRRRRRR

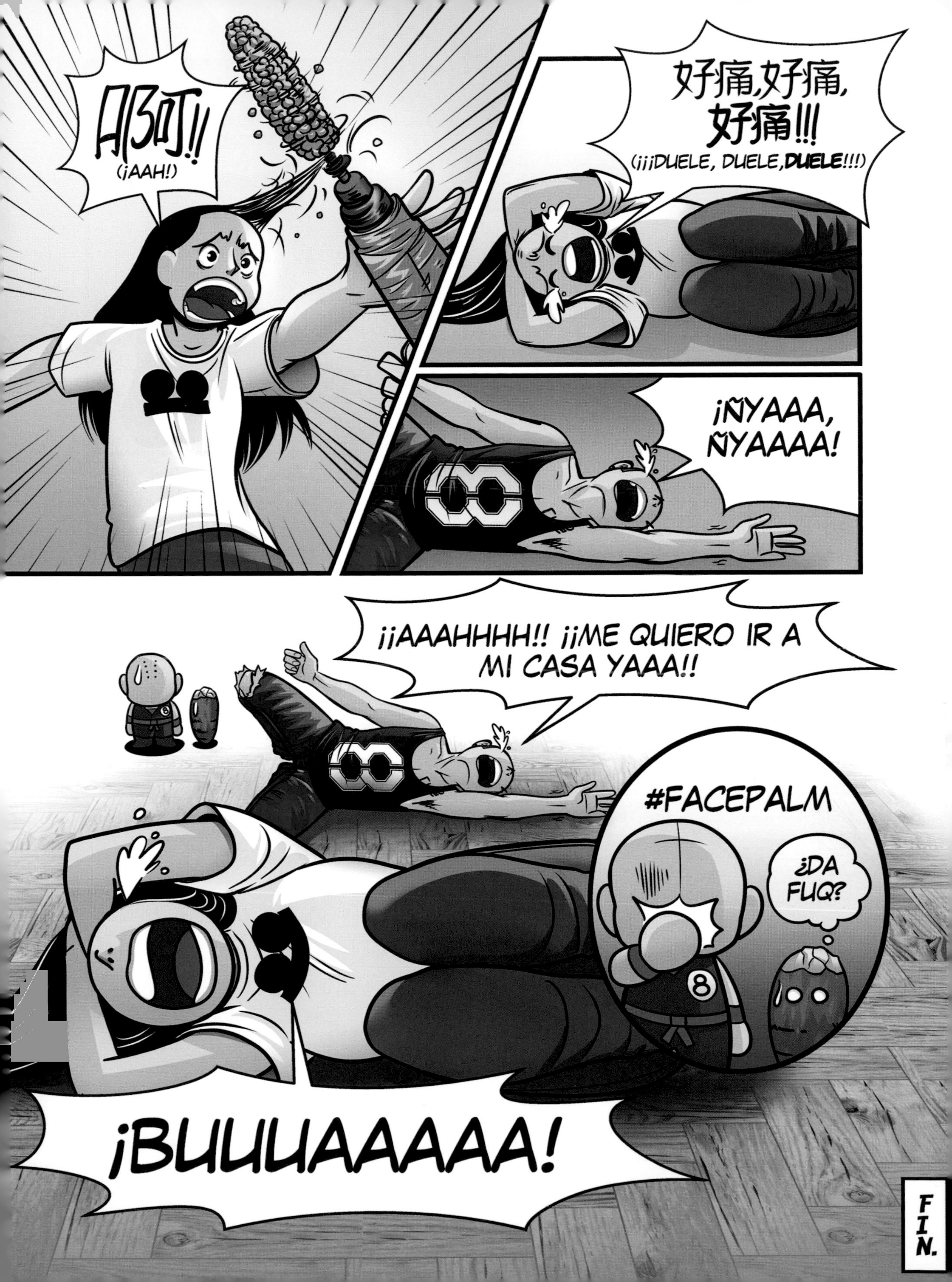
(¡AAH!)
好痛,好痛,
好痛!!!
(¡¡¡DUELE, DUELE, DUELE!!!)
¡ÑYAAA, ÑYAAAA!
¡¡AAAHHHH!! ¡¡ME QUIERO IR A MI CASA YAAA!!
#FACEPALM
¿DA FUQ?
¡BUUUAAAAAA!
FIN.

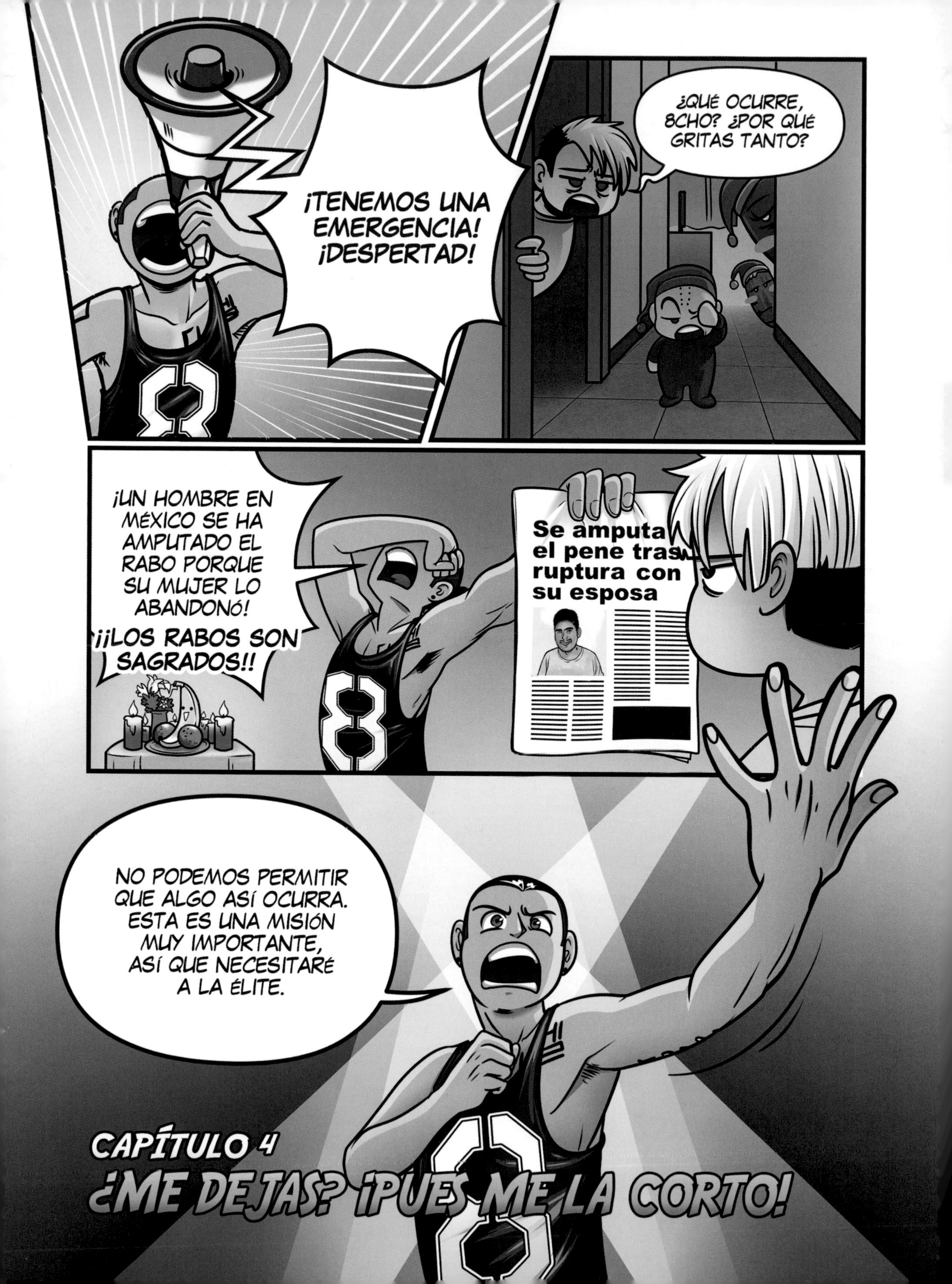
¡TENEMOS UNA EMERGENCIA! ¡DESPERTAD!
¿QUÉ OCURRE, 8CHO? ¿POR QUÉ GRITAS TANTO?
¡UN HOMBRE EN MÉXICO SE HA AMPUTADO EL RABO PORQUE SU MUJER LO ABANDONÓ!
¡¡LOS RABOS SON SAGRADOS!!
Se amputa el pene tras ruptura con su esposa
NO PODEMOS PERMITIR QUE ALGO ASÍ OCURRA. ESTA ES UNA MISIÓN MUY IMPORTANTE, ASÍ QUE NECESITARÉ A LA ÉLITE.
CAPÍTULO 4
¿ME DEJAS? ¡PUES ME LA CORTO!

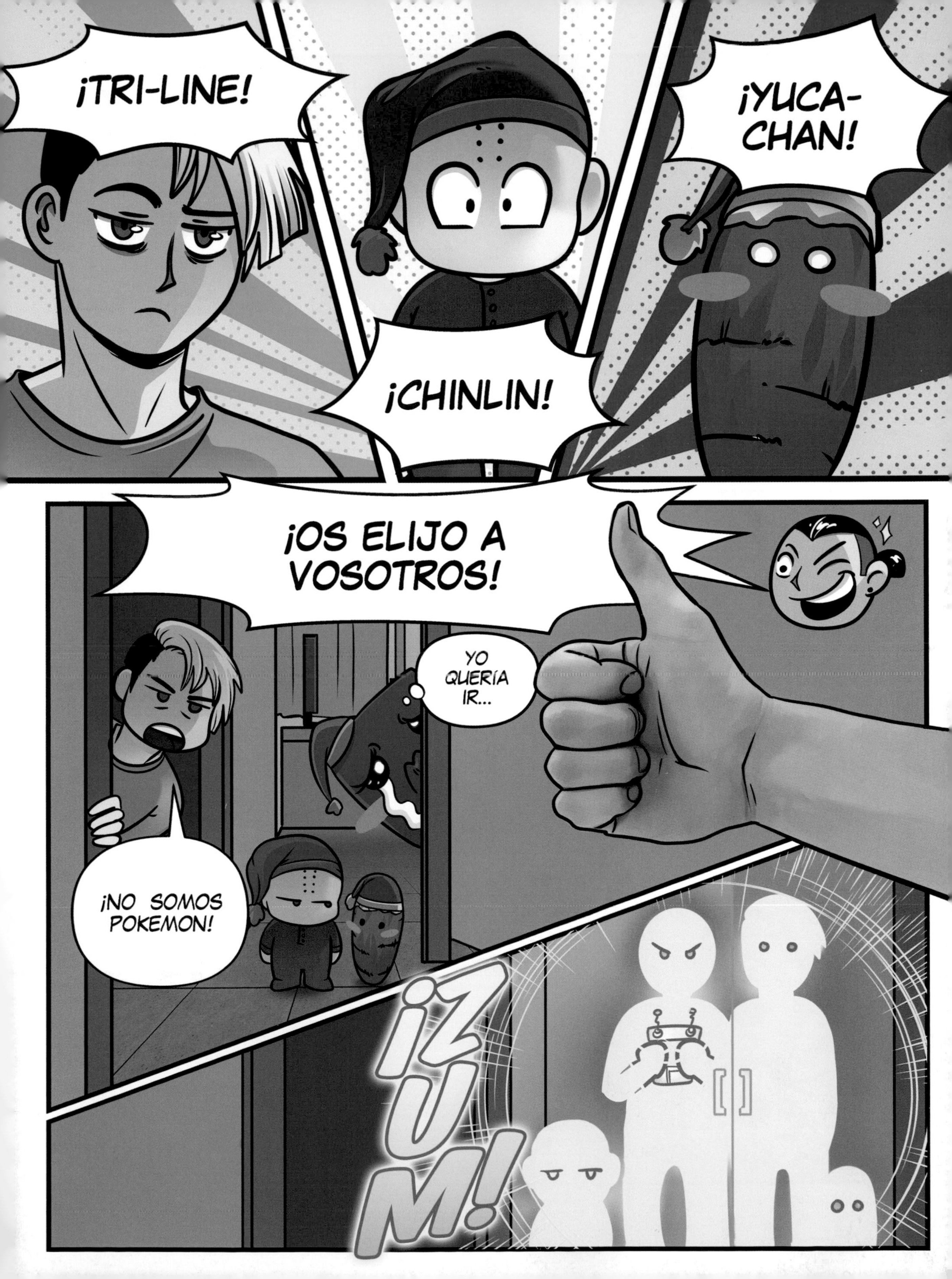
¡TRI-LINE!
¡CHINLIN!
¡YUCA-CHAN!
¡OS ELIJO A VOSOTROS!
YO QUERÍA IR...
¡NO SOMOS POKEMON!
¡ZUM!

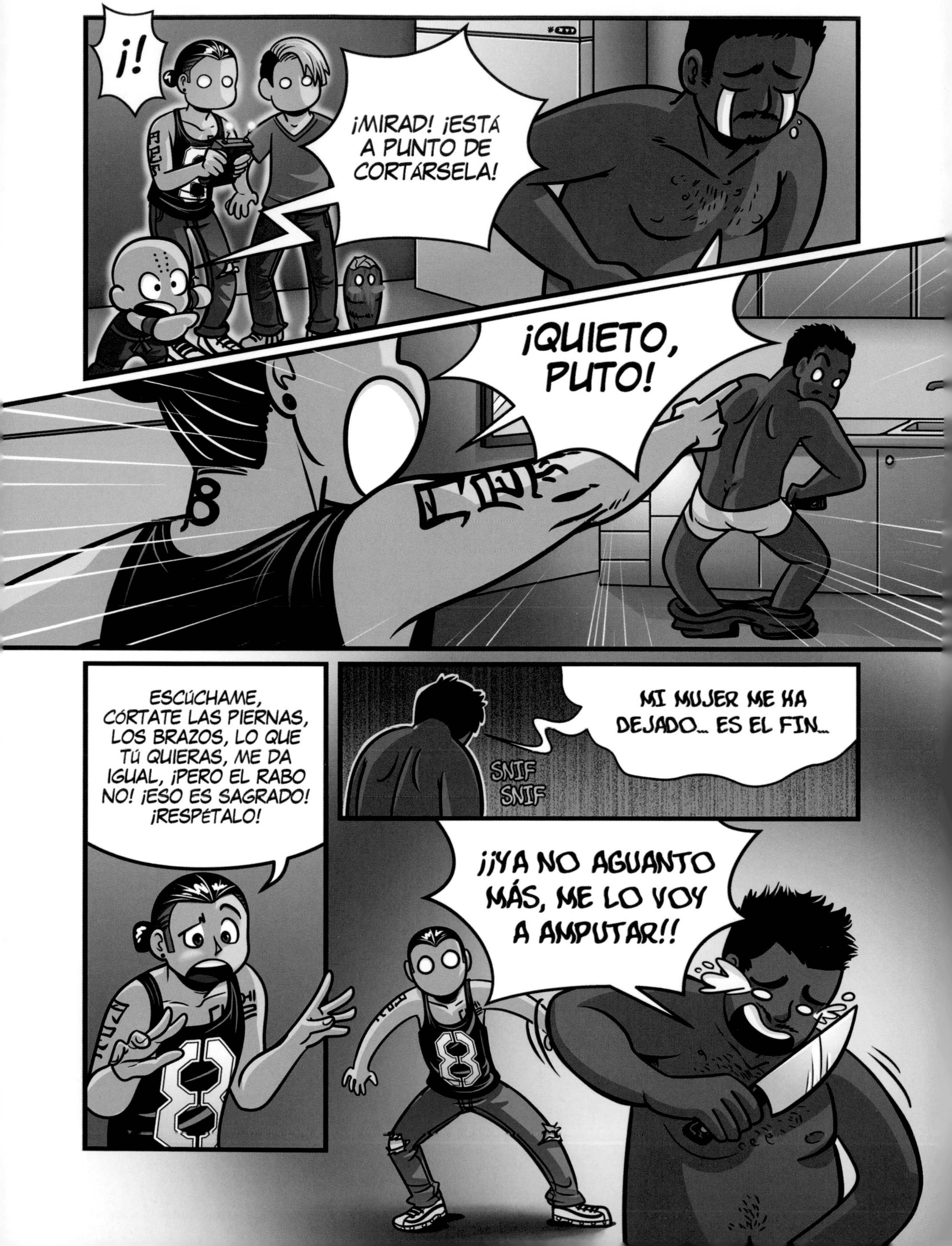
¡!
¡MIRAD! ¡ESTÁ A PUNTO DE CORTÁRSELA!
¡QUIETO, PUTO!
ESCÚCHAME, CÓRTATE LAS PIERNAS, LOS BRAZOS, LO QUE TÚ QUIERAS, ME DA IGUAL, ¡PERO EL RABO NO! ¡ESO ES SAGRADO! ¡RESPÉTALO!
MI MUJER ME HA DEJADO... ES EL FIN...
SNIF SNIF
¡¡YA NO AGUANTO MÁS, ME LO VOY A AMPUTAR!!

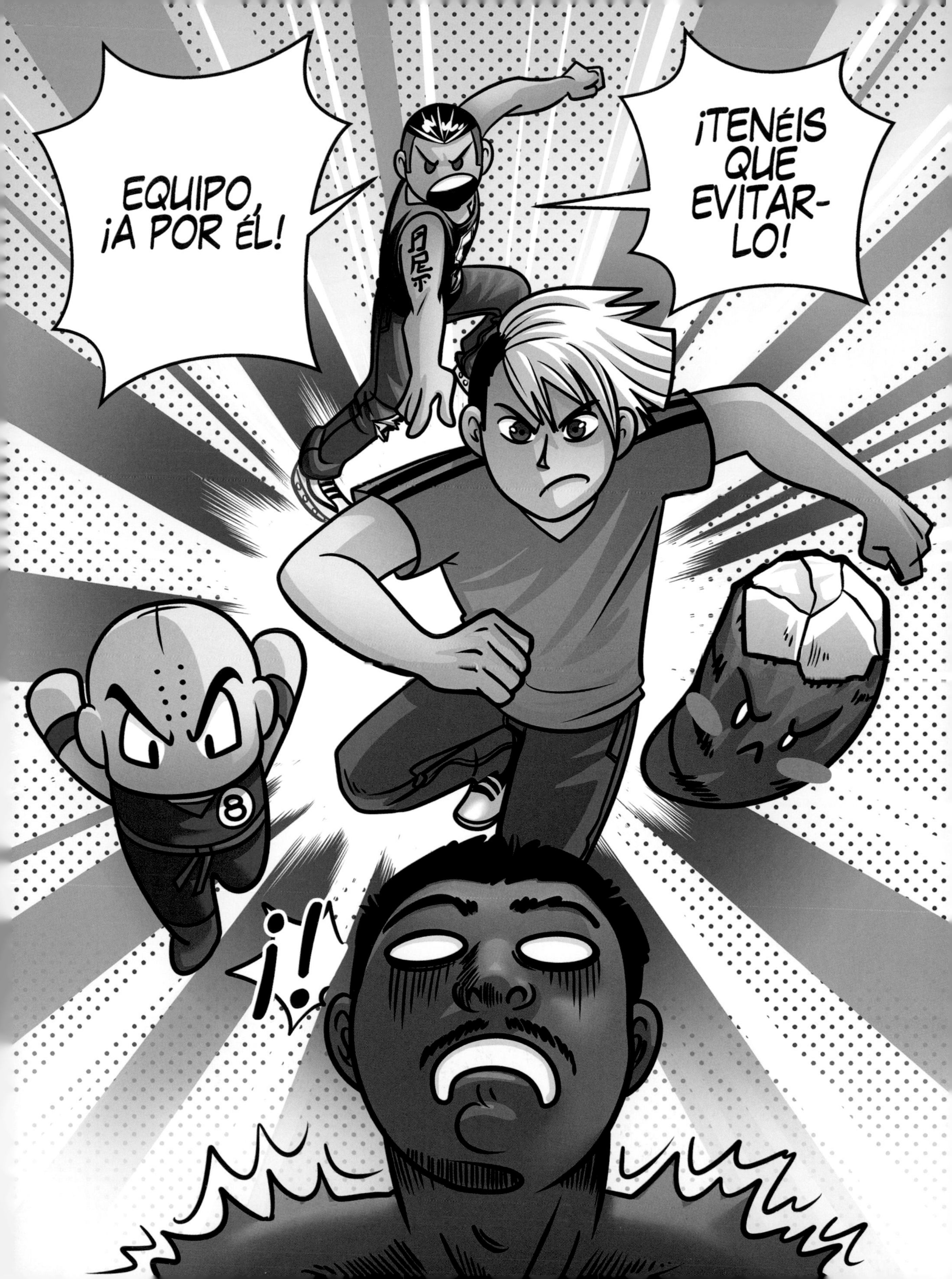
EQUIPO, ¡A POR ÉL!
¡TENÉIS QUE EVITAR-LO!
¡!

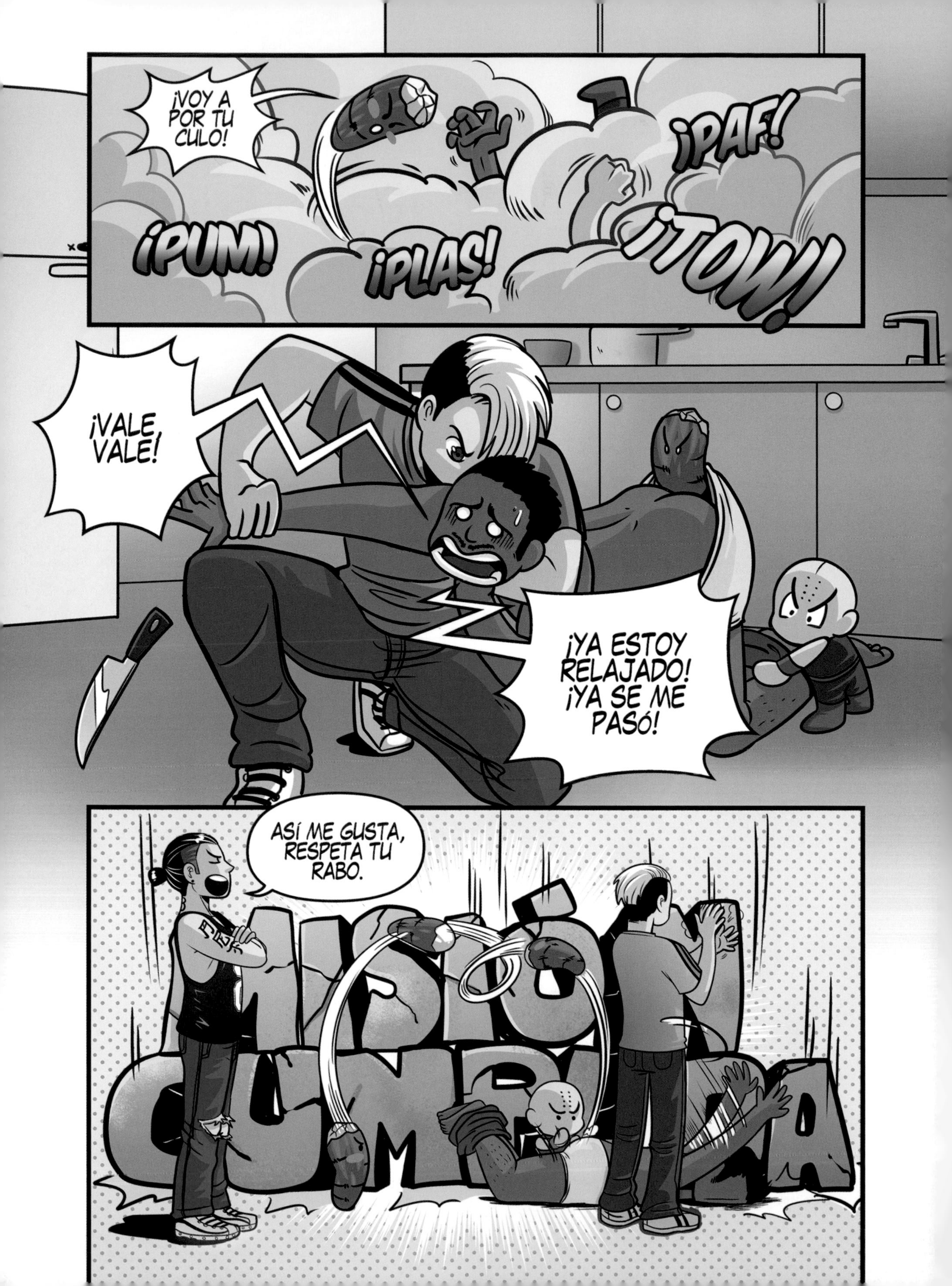
¡VOY A POR TU CULO!
¡PAF!
¡PUM!
¡PLAS!
¡TOW!
¡VALE VALE!
¡YA ESTOY RELAJADO! ¡YA SE ME PASÓ!
ASÍ ME GUSTA, RESPETA TU RABO.

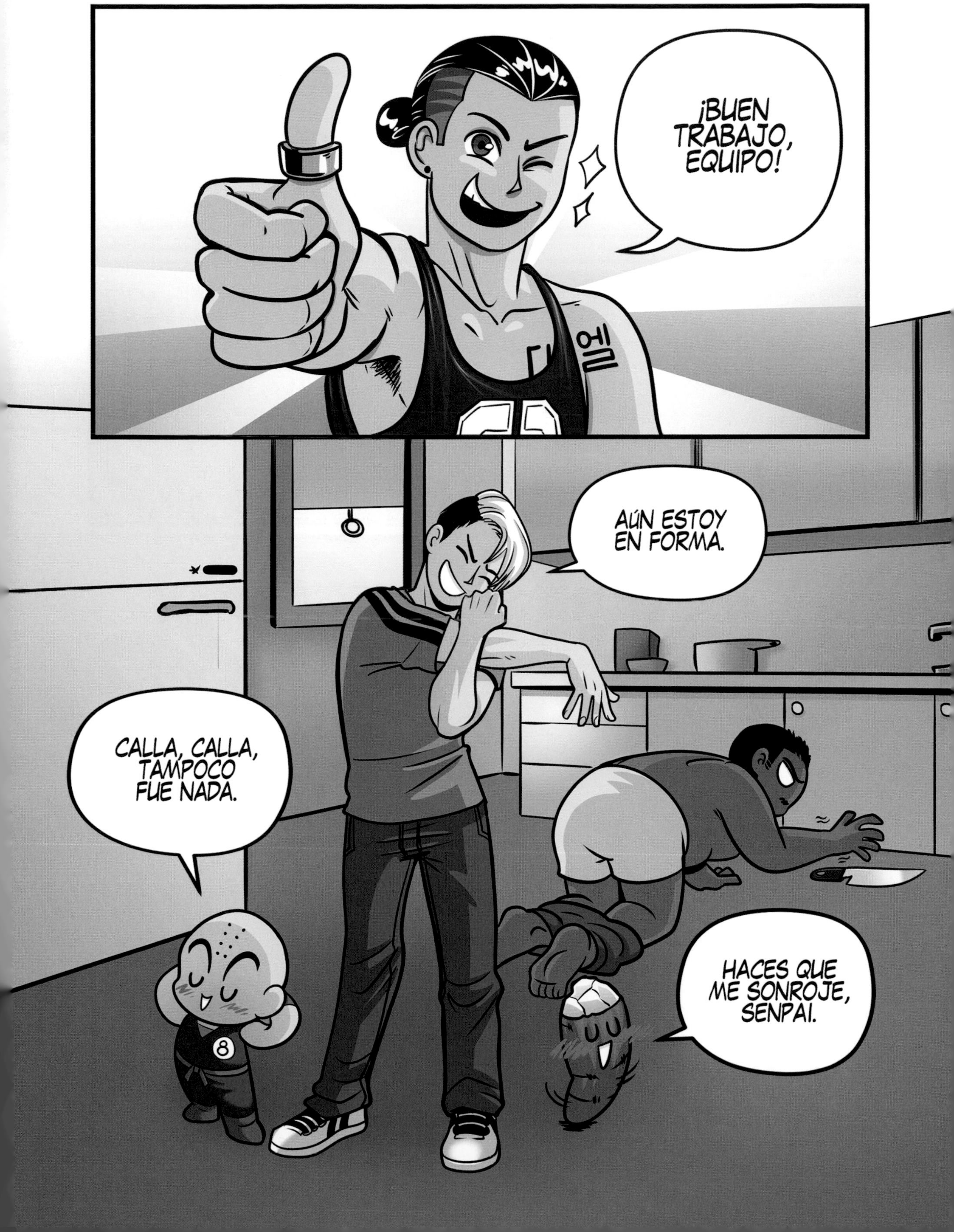
¡BUEN TRABAJO, EQUIPO!
AÚN ESTOY EN FORMA.
CALLA, CALLA, TAMPOCO FUE NADA.
HACES QUE ME SONROJE, SENPAI.

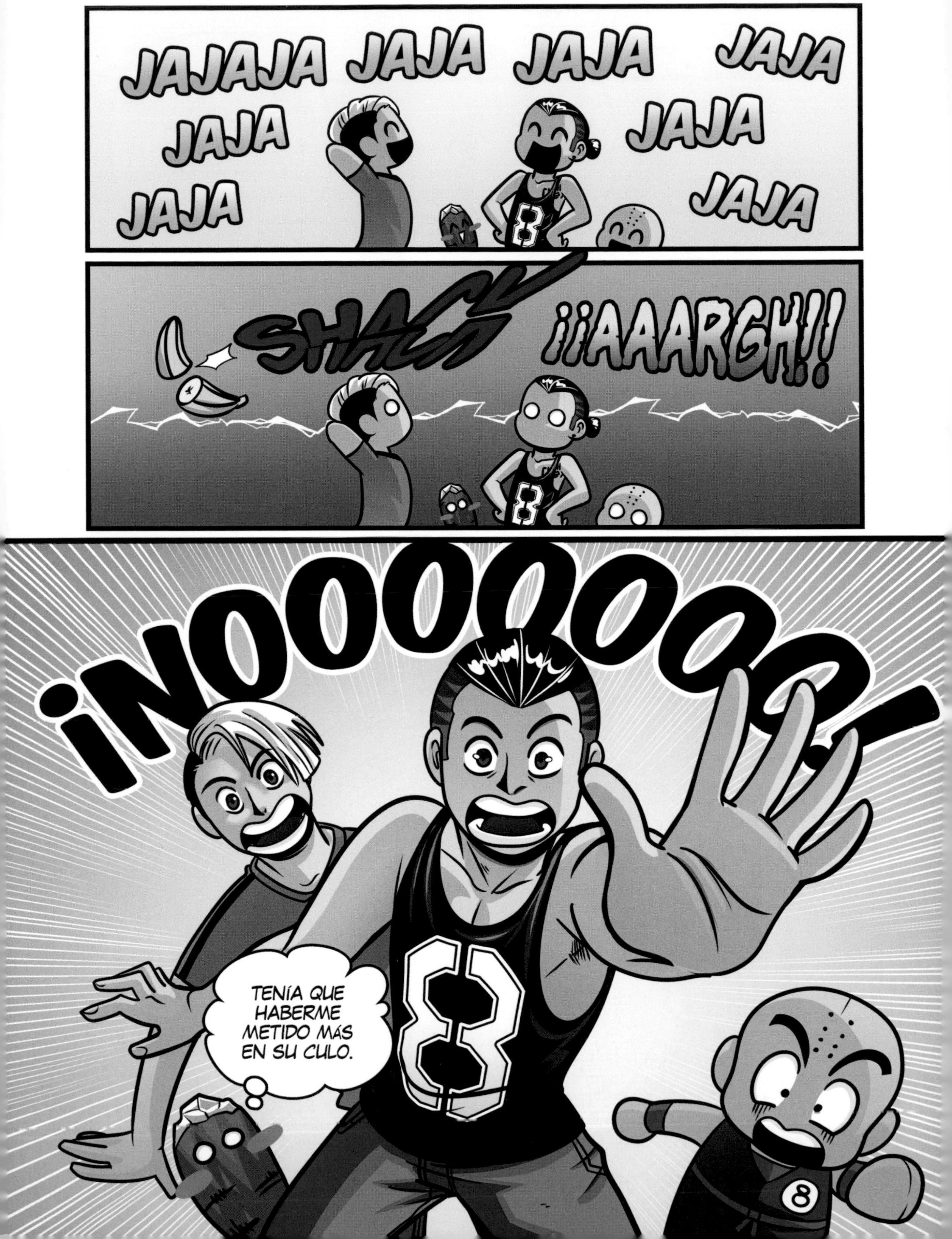
JAJAJA JAJA JAJA JAJA
JAJA
JAJA
JAJA
JAJA
SHACK
¡¡AAARGH!!
¡NOOOOOO!
TENÍA QUE HABERME METIDO MÁS EN SU CULO.

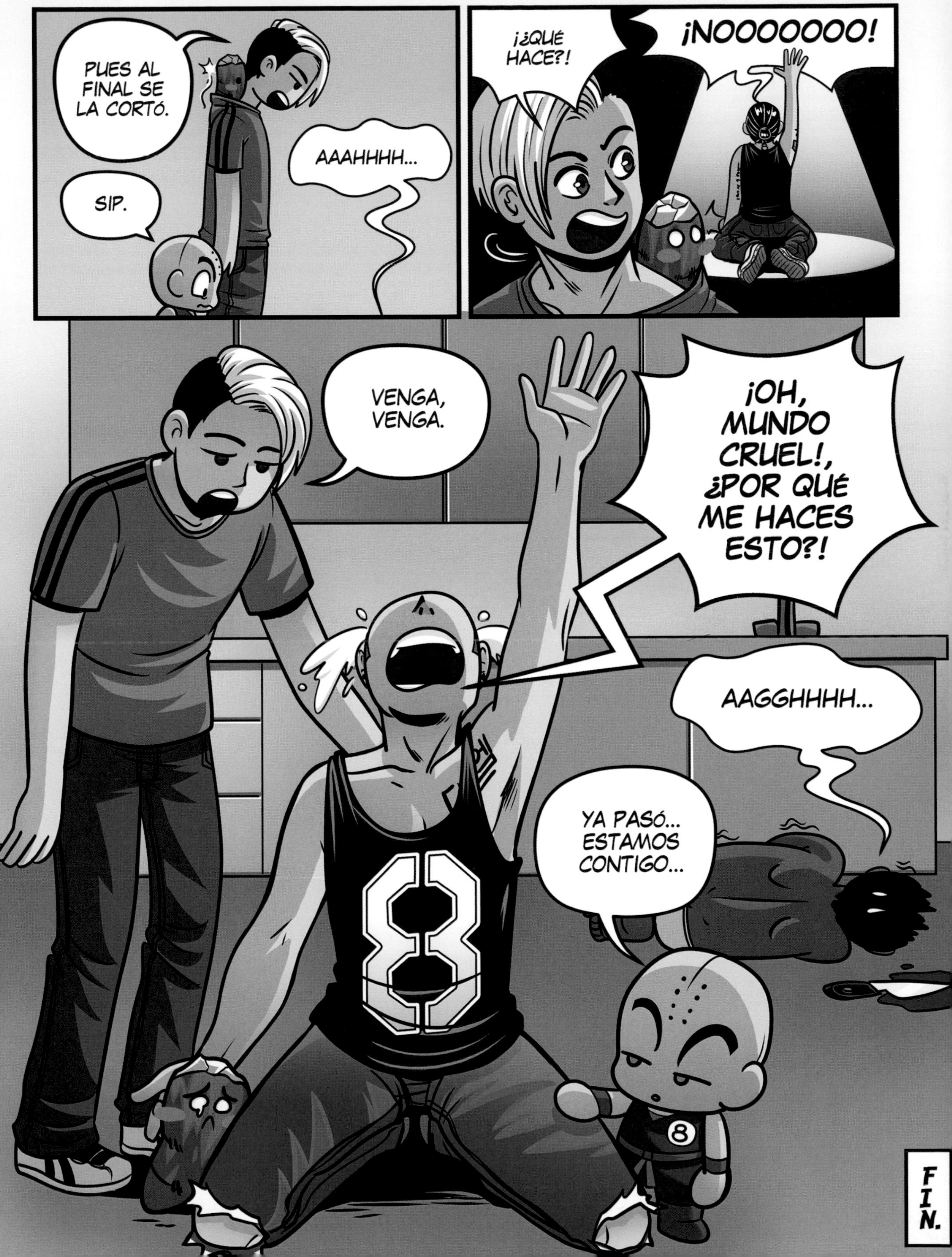
PUES AL FINAL SE LA CORTÓ.
SIP.
AAAHHHH...
¡¿QUÉ HACE?!
¡NOOOOOOO!
VENGA, VENGA.
¡OH, MUNDO CRUEL!, ¿POR QUÉ ME HACES ESTO?!
AAGGHHHH...
YA PASÓ... ESTAMOS CONTIGO...
FIN.

CAPÍTULO 5 DAKIMAKURA

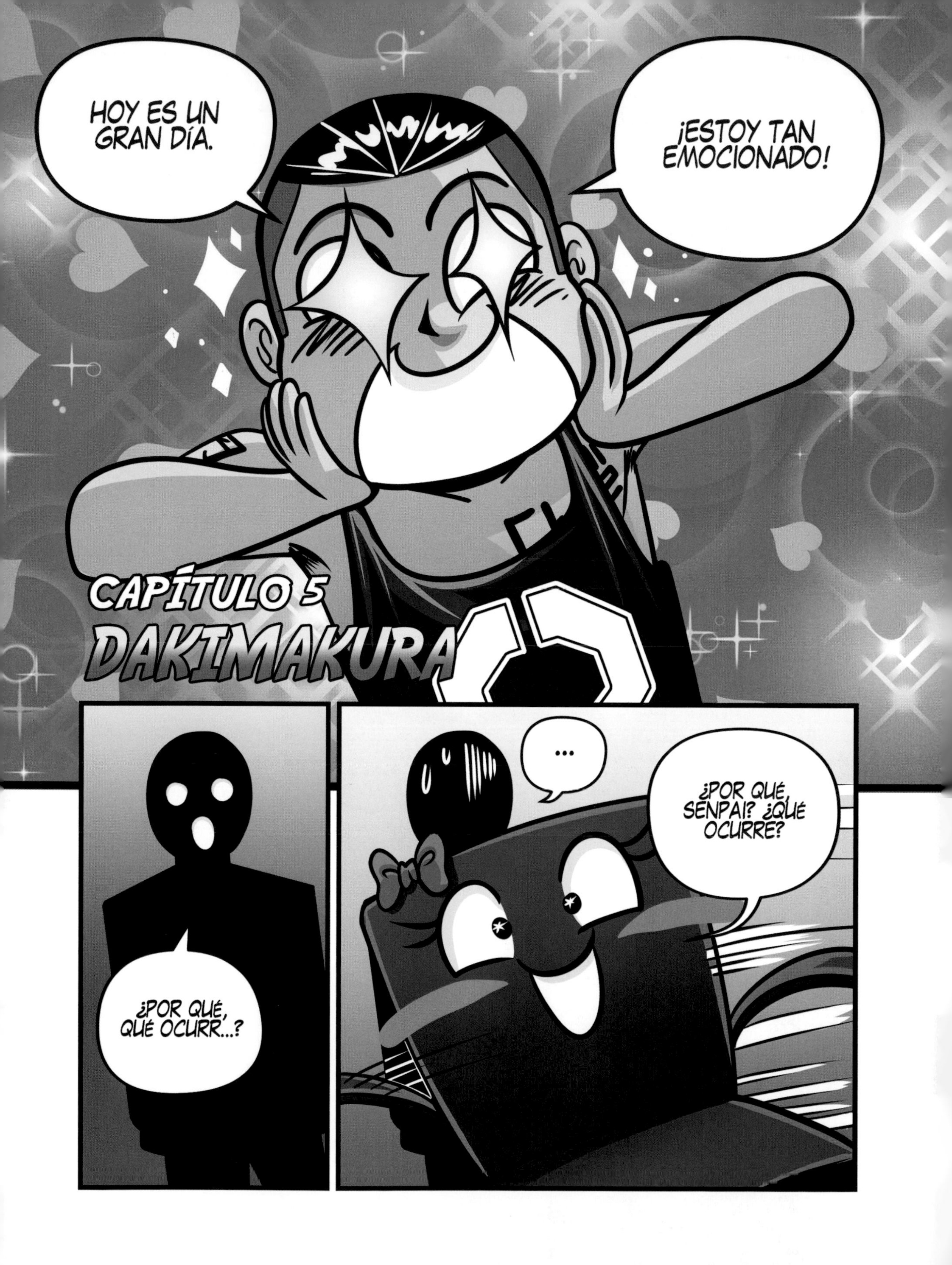

HOY ES UN GRAN DÍA.
¡ESTOY TAN EMOCIONADO!
CAPÍTULO 5
DAKIMAKURA
¿POR QUÉ, QUÉ OCURR...?
...
¿POR QUÉ, SENPAI? ¿QUÉ OCURRE?

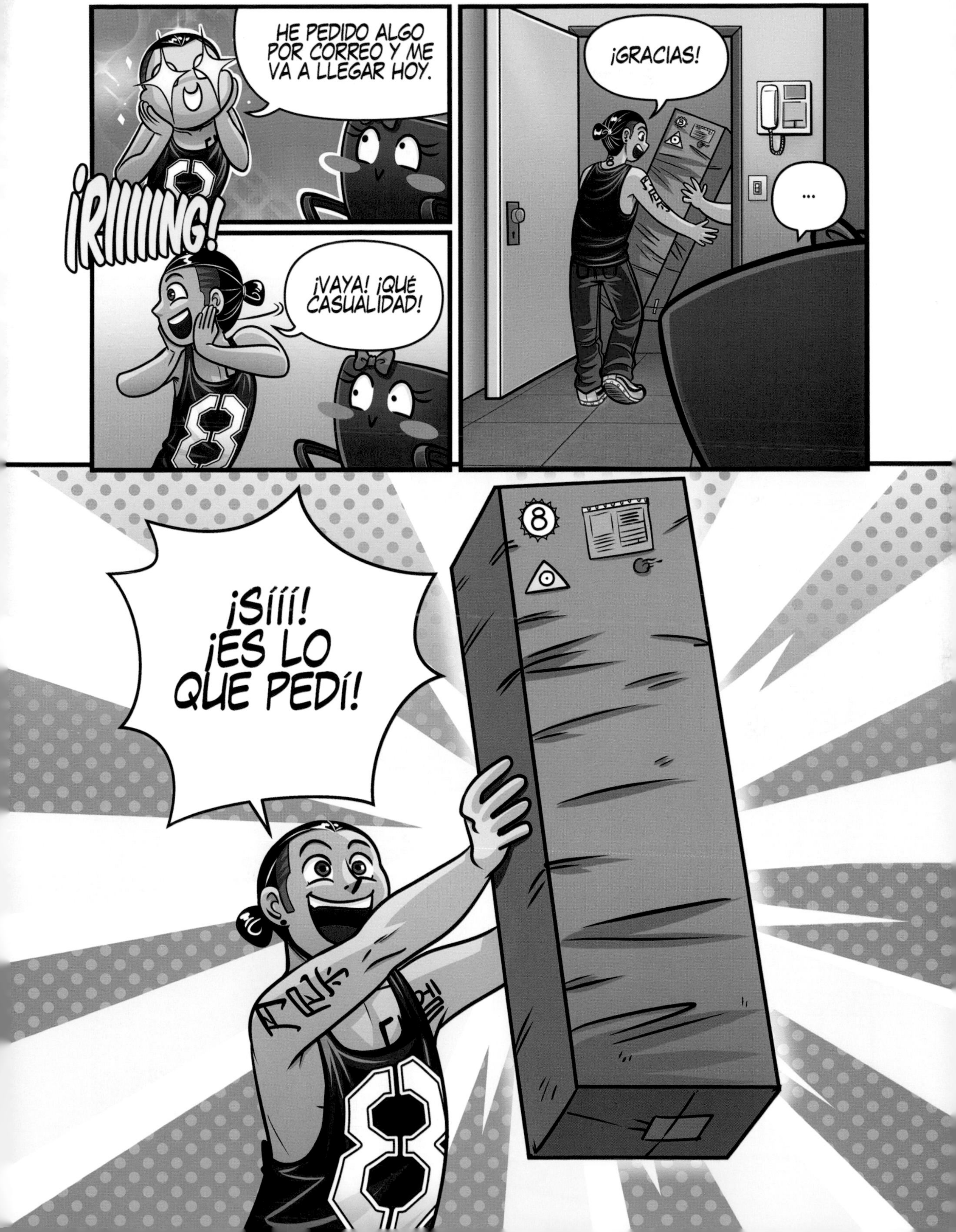
HE PEDIDO ALGO POR CORREO Y ME VA A LLEGAR HOY.
¡RIIIIING!
¡VAYA! ¡QUÉ CASUALIDAD!
¡GRACIAS!
...
¡SÍÍÍ! ¡ES LO QUE PEDÍ!

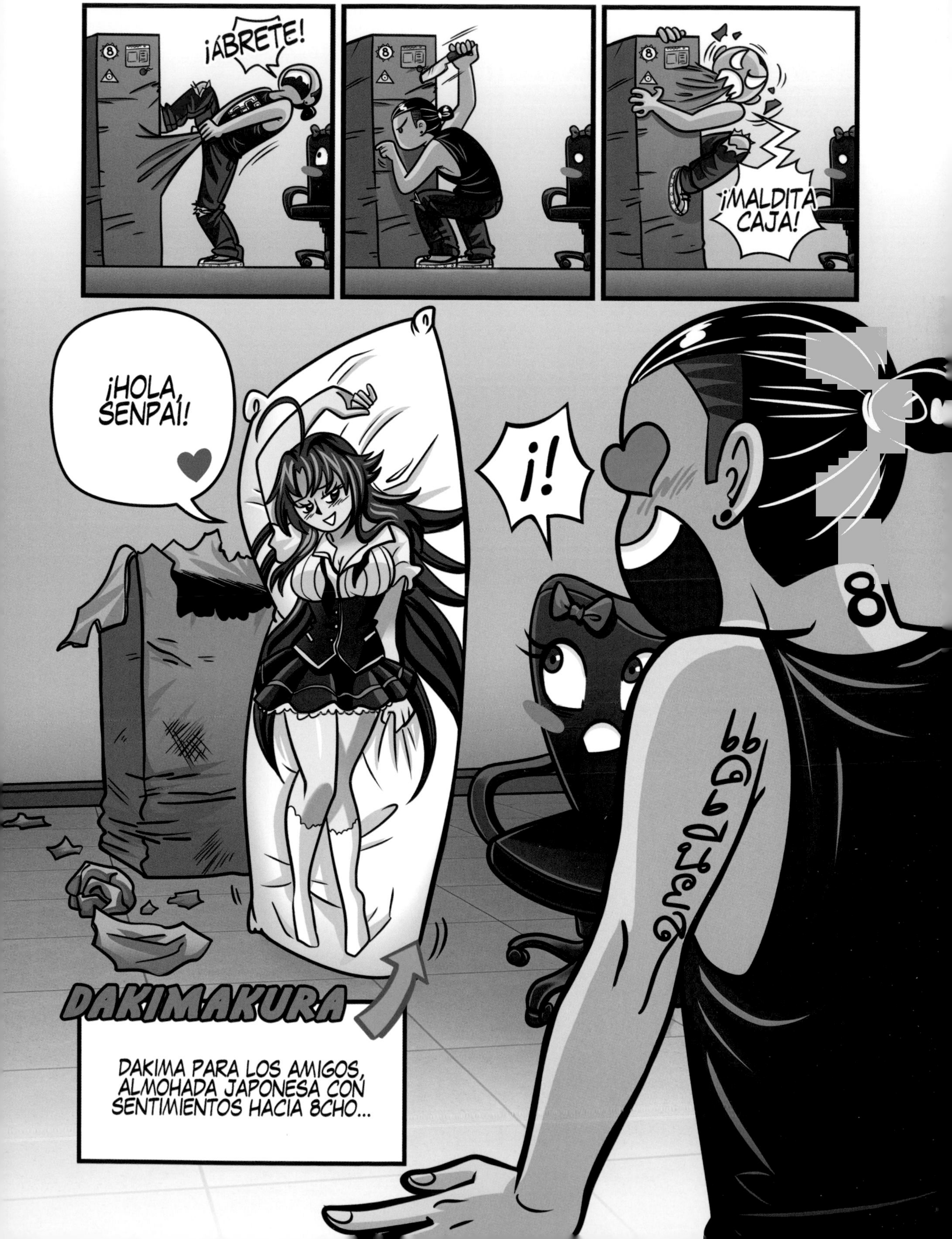

¡ÁBRETE!
¡MALDITA CAJA!
¡HOLA, SENPAI!
¡!
DAKIMAKURA
DAKIMA PARA LOS AMIGOS, ALMOHADA JAPONESA CON SENTIMIENTOS HACIA 8CHO...

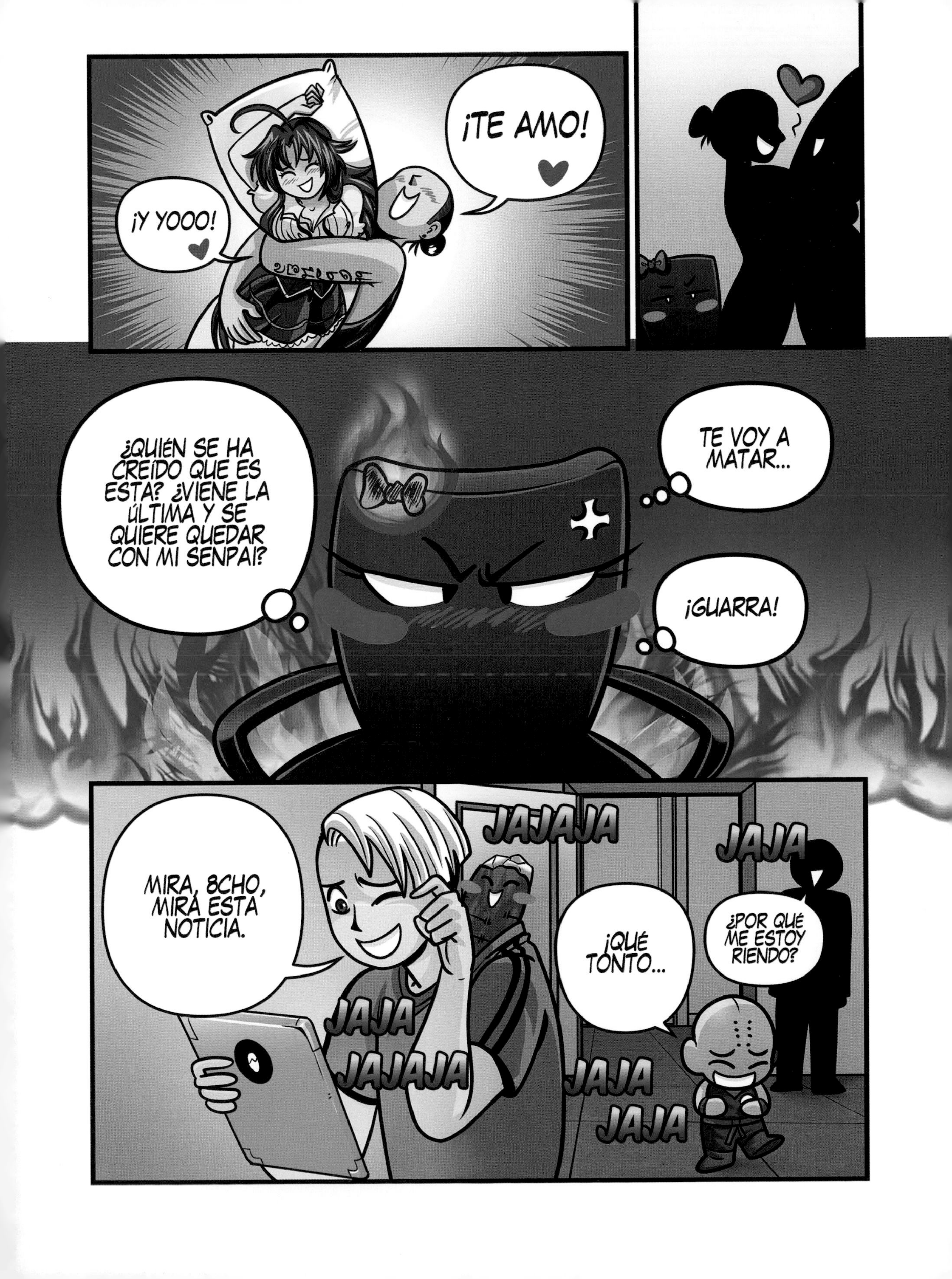
¡TE AMO!
¡Y YOOO!
¿QUIÉN SE HA CREÍDO QUE ES ESTA? ¿VIENE LA ÚLTIMA Y SE QUIERE QUEDAR CON MI SENPAI?
TE VOY A MATAR...
¡GUARRA!
MIRA, 8CHO, MIRA ESTA NOTICIA.
JAJAJA
JAJA
¡QUÉ TONTO...
¿POR QUÉ ME ESTOY RIENDO?
JAJA
JAJAJA
JAJA
JAJA

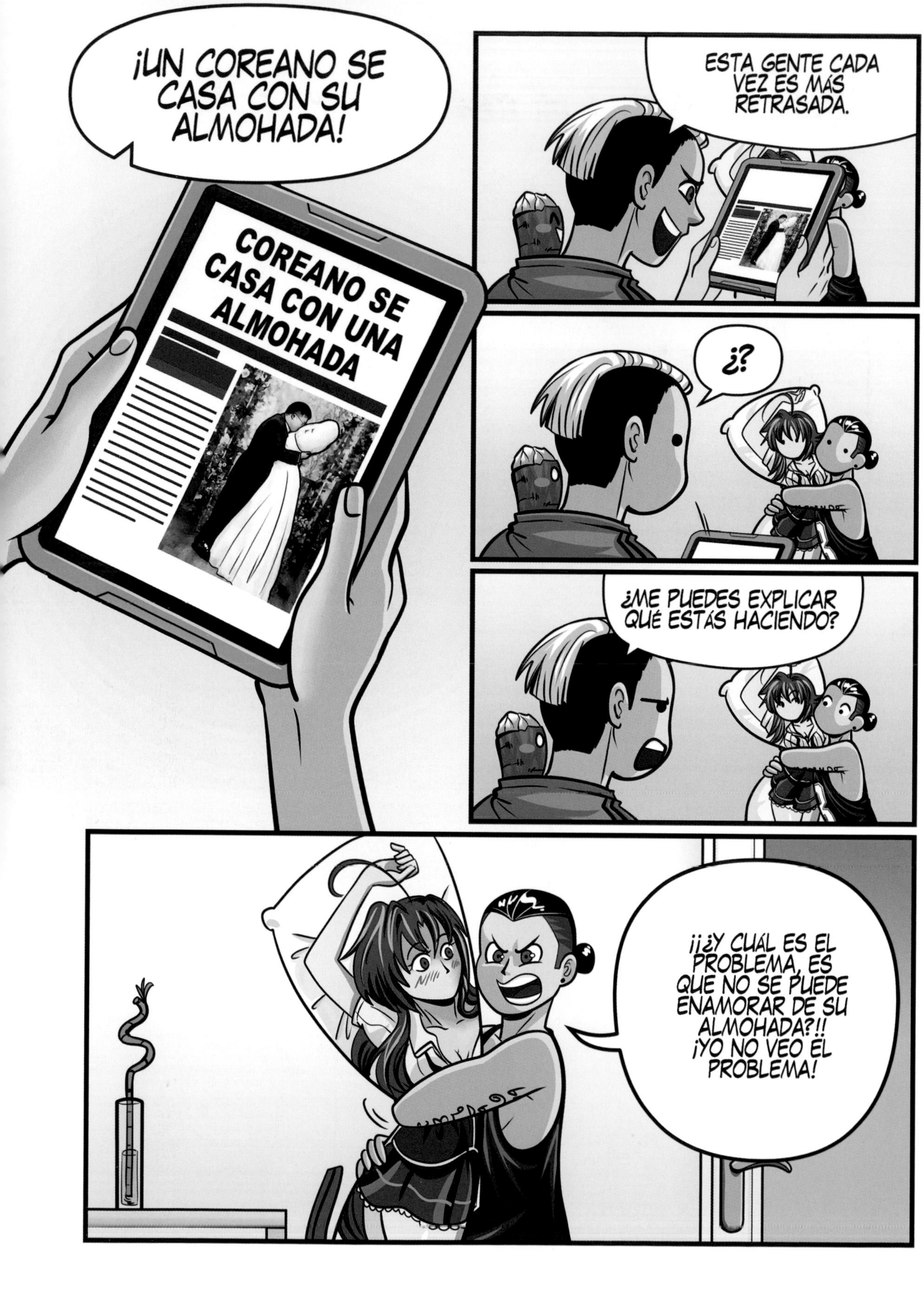
¡UN COREANO SE CASA CON SU ALMOHADA!
COREANO SE CASA CON UNA ALMOHADA
ESTA GENTE CADA VEZ ES MÁS RETRASADA.
¿?
¿ME PUEDES EXPLICAR QUÉ ESTÁS HACIENDO?
¡¡¿Y CUÁL ES EL PROBLEMA, ES QUE NO SE PUEDE ENAMORAR DE SU ALMOHADA?!! ¡YO NO VEO EL PROBLEMA!

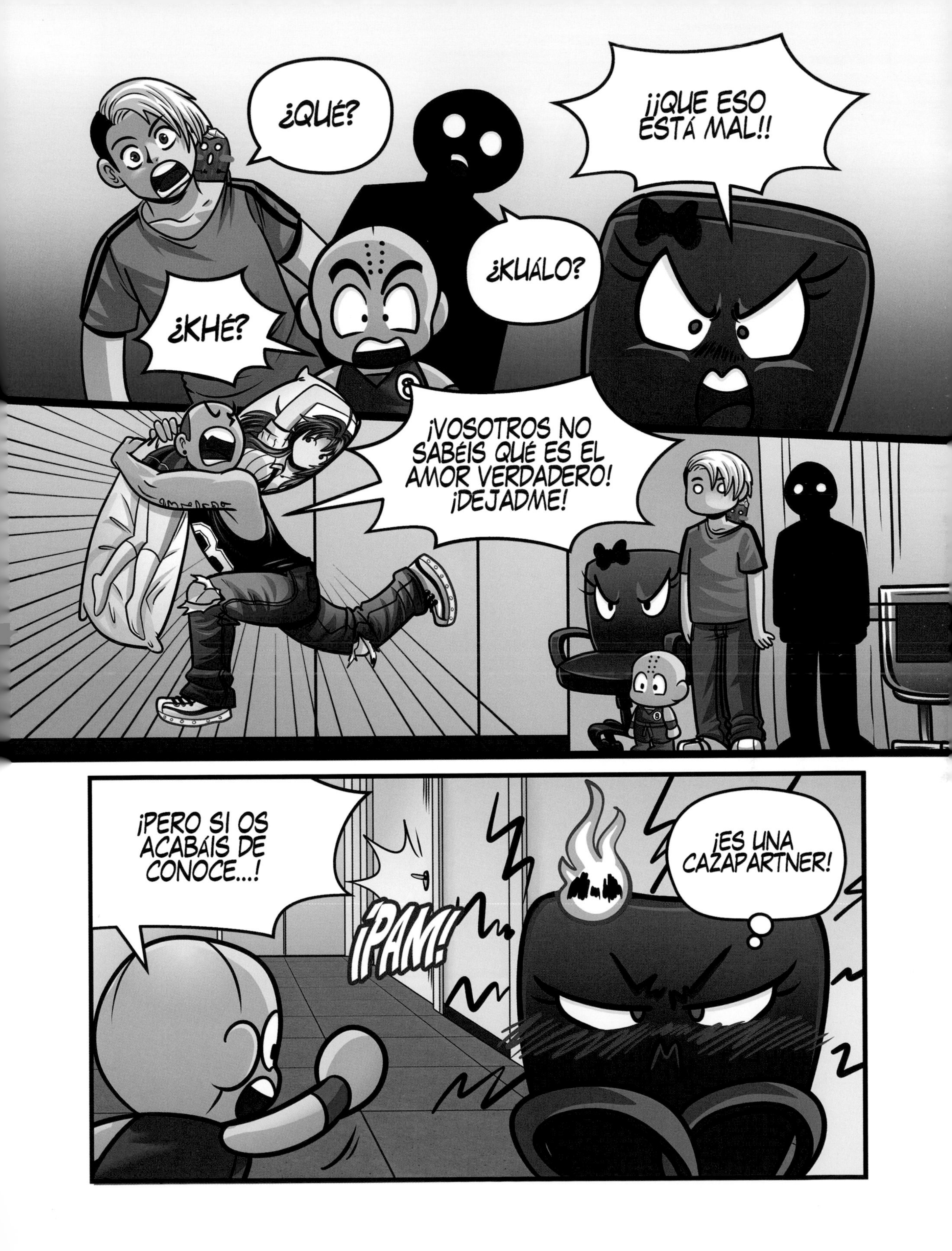
¿QUÉ?
¡¡QUE ESO ESTÁ MAL!!
¿KUÁLO?
¿KHÉ?
¡VOSOTROS NO SABÉIS QUÉ ES EL AMOR VERDADERO! ¡DEJADME!
¡PERO SI OS ACABÁIS DE CONOCE...!
¡PAM!
¡ES UNA CAZAPARTNER!

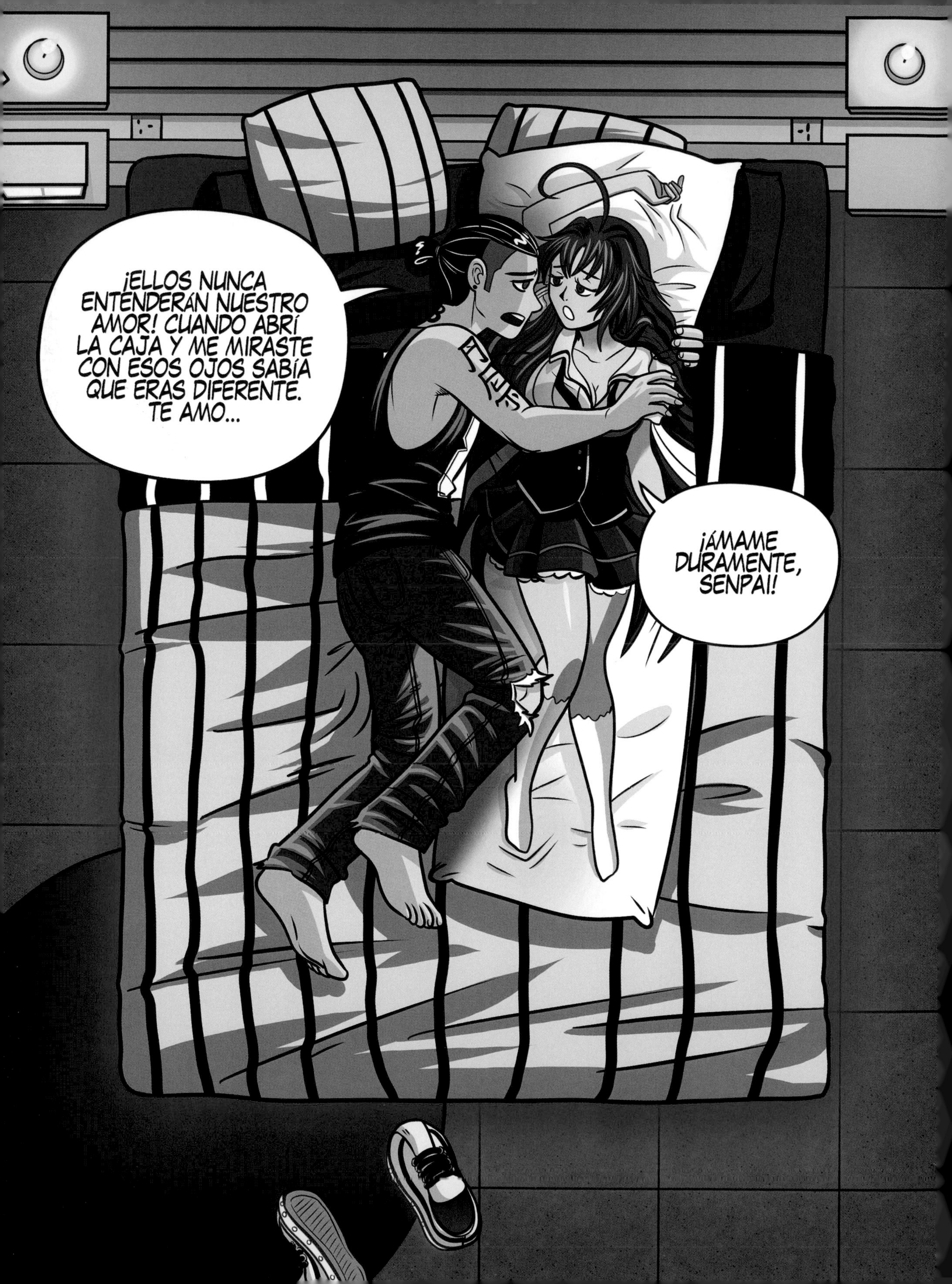
¡ELLOS NUNCA ENTENDERÁN NUESTRO AMOR! CUANDO ABRÍ LA CAJA Y ME MIRASTE CON ESOS OJOS SABÍA QUE ERAS DIFERENTE. TE AMO...
¡ÁMAME DURAMENTE, SENPAI!

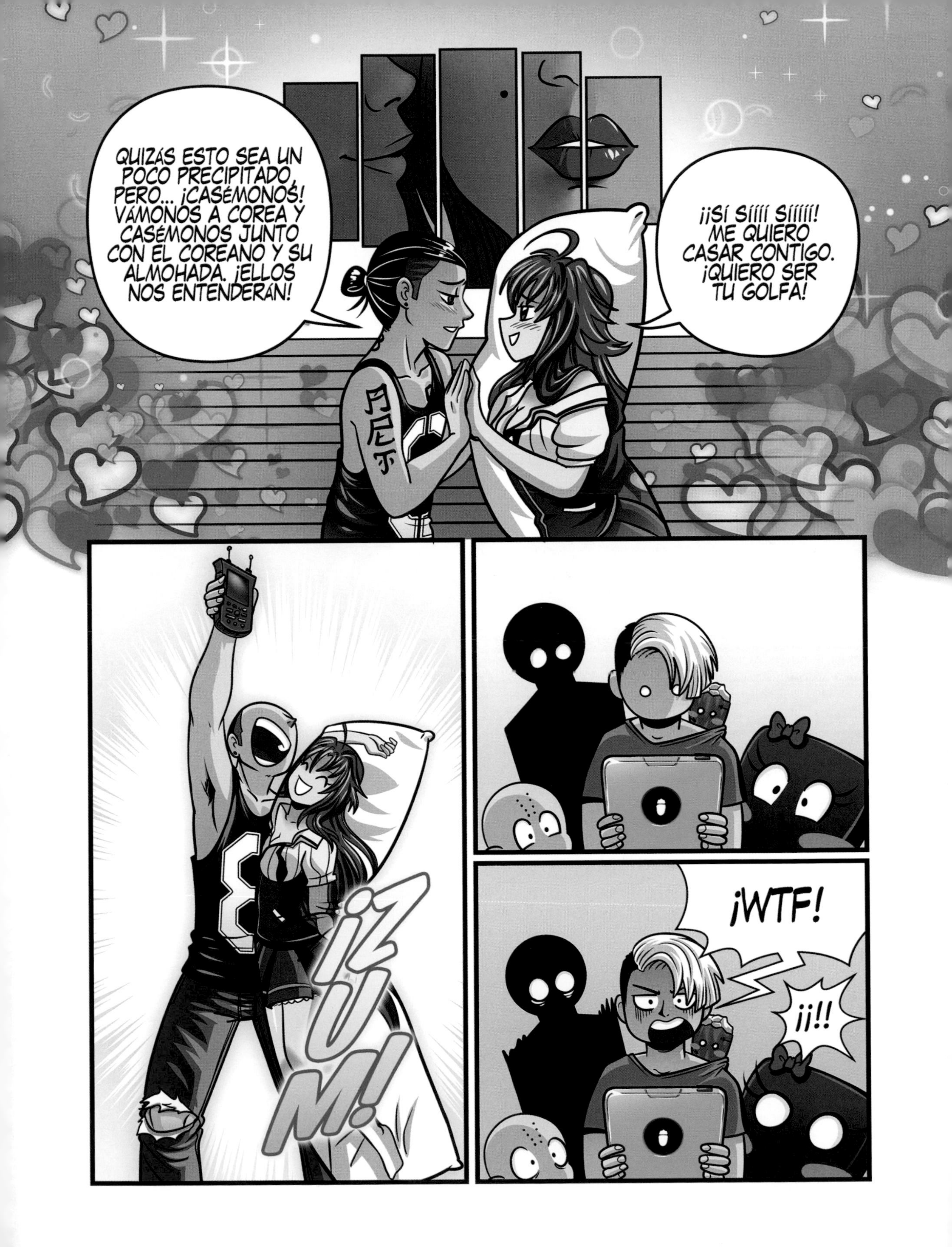
QUIZÁS ESTO SEA UN POCO PRECIPITADO, PERO... ¡CASÉMONOS! VÁMONOS A COREA Y CASÉMONOS JUNTO CON EL COREANO Y SU ALMOHADA. ¡ELLOS NOS ENTENDERÁN!
¡¡SÍ SÍÍÍÍ SÍÍÍÍÍ! ME QUIERO CASAR CONTIGO. ¡QUIERO SER TU GOLFA!
¡ZUUM!
¡WTF!
¡¡!!

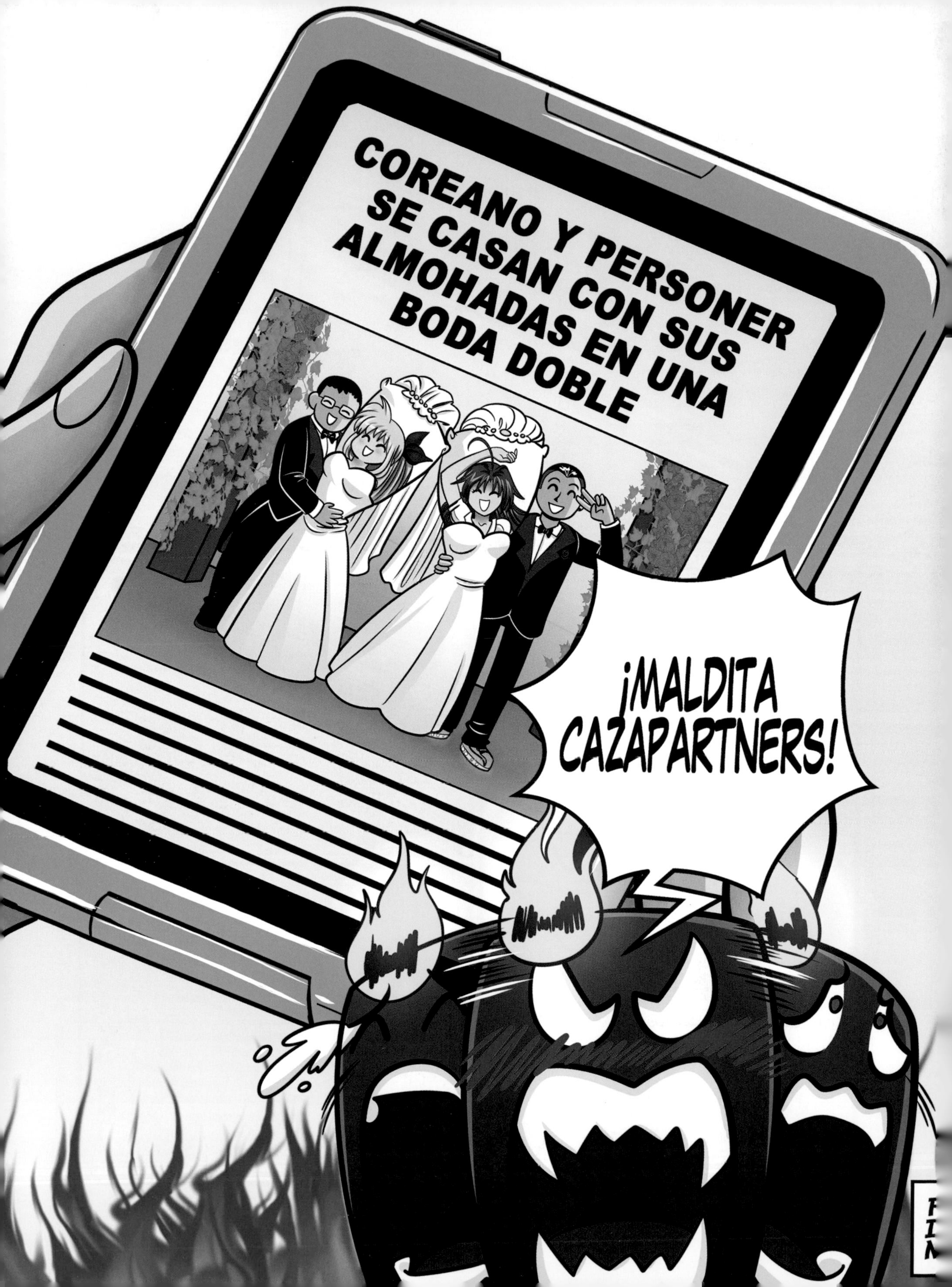
COREANO Y PERSONER SE CASAN CON SUS ALMOHADAS EN UNA BODA DOBLE
¡MALDITA CAZAPARTNERS!

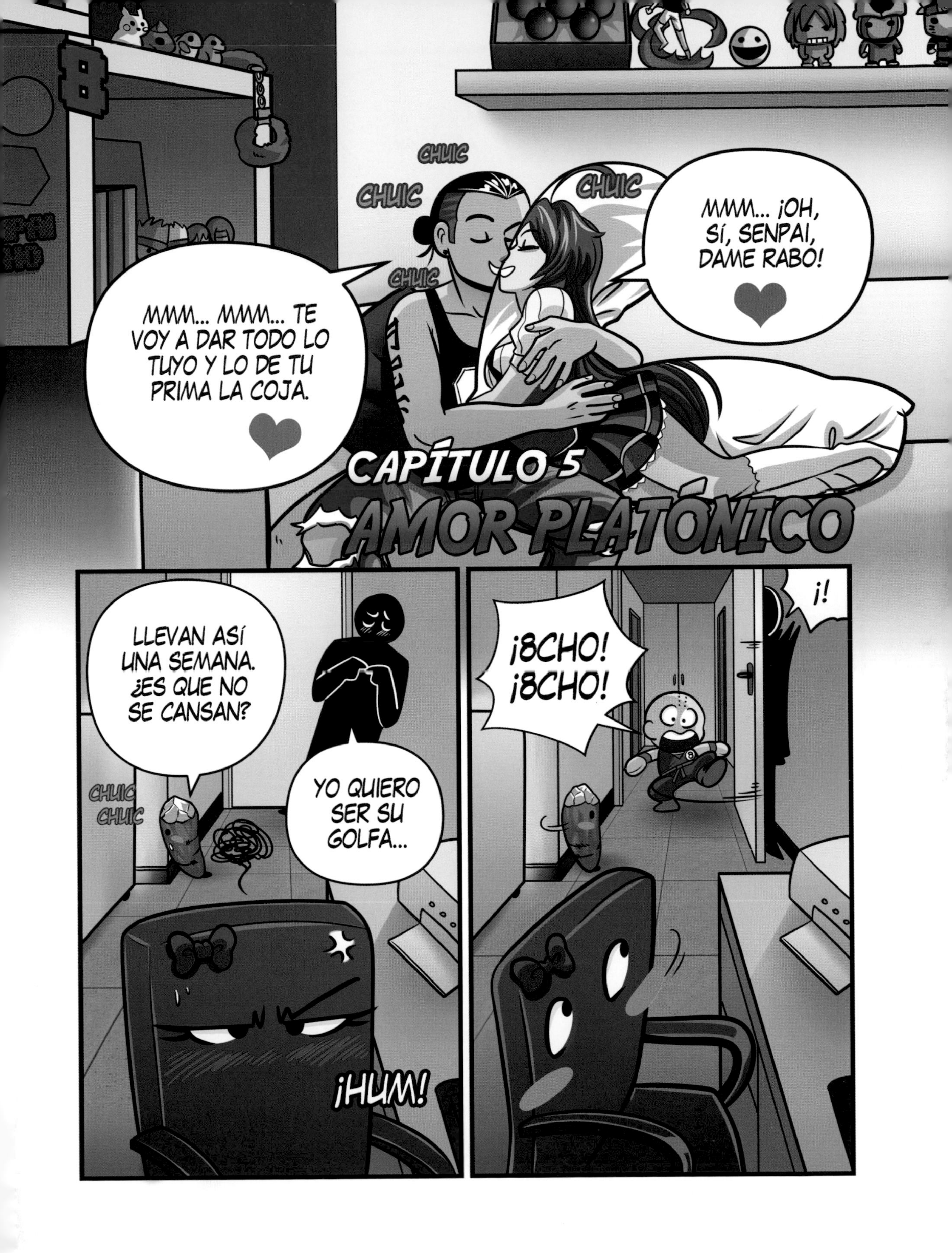
CHUIC
CHUIC
CHUIC
CHUIC
MMM... MMM... TE VOY A DAR TODO LO TUYO Y LO DE TU PRIMA LA COJA.
MMM... ¡OH, SÍ, SENPAI, DAME RABO!
CAPÍTULO 5
AMOR PLATÓNICO
LLEVAN ASÍ UNA SEMANA. ¿ES QUE NO SE CANSAN?
CHUIC
CHUIC
YO QUIERO SER SU GOLFA...
¡HUM!
¡8CHO! ¡8CHO!
¡!

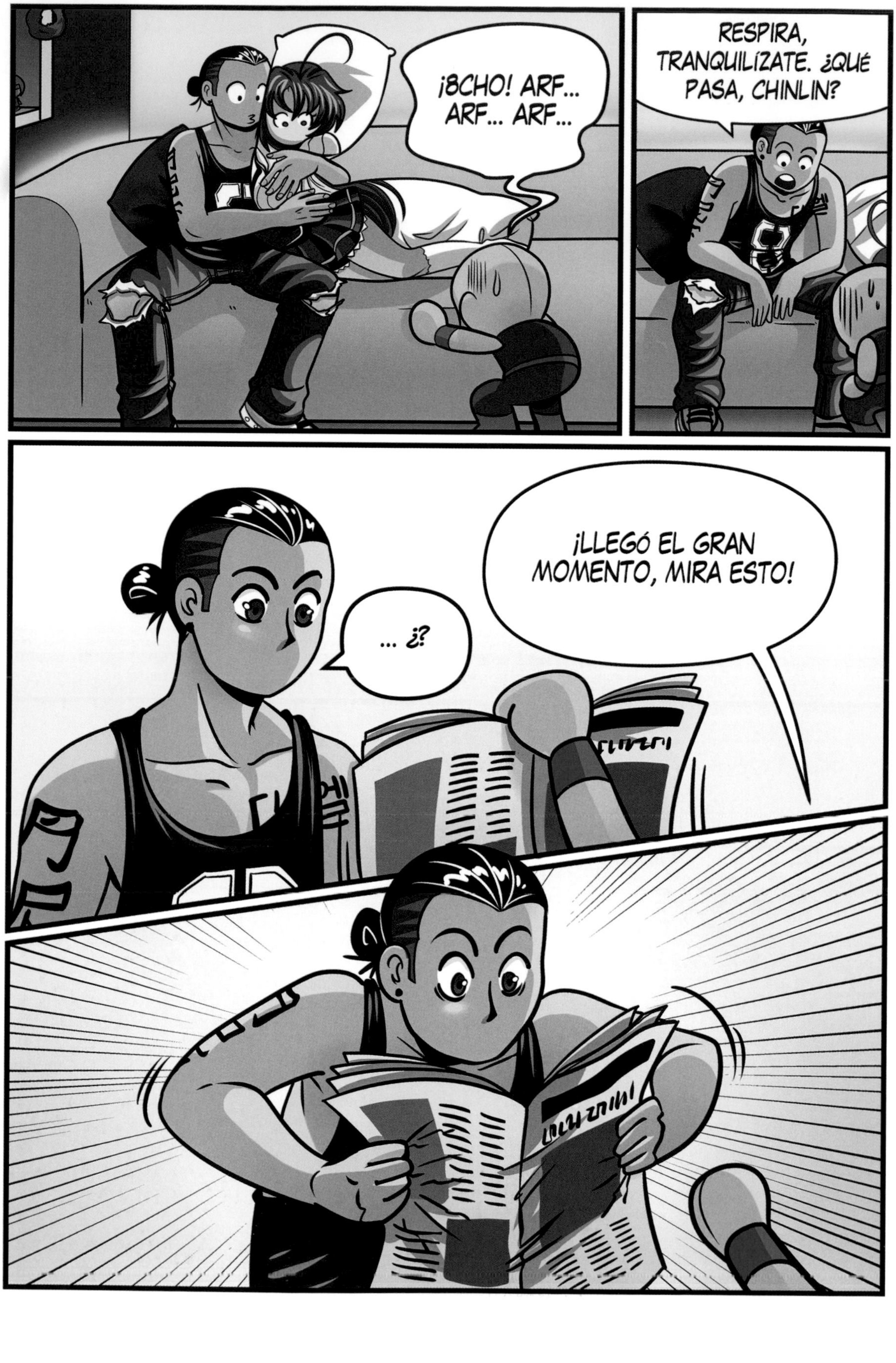
¡8CHO! ARF... ARF... ARF...
RESPIRA, TRANQUILÍZATE. ¿QUÉ PASA, CHINLIN?
¡LLEGÓ EL GRAN MOMENTO, MIRA ESTO!
... ¿?

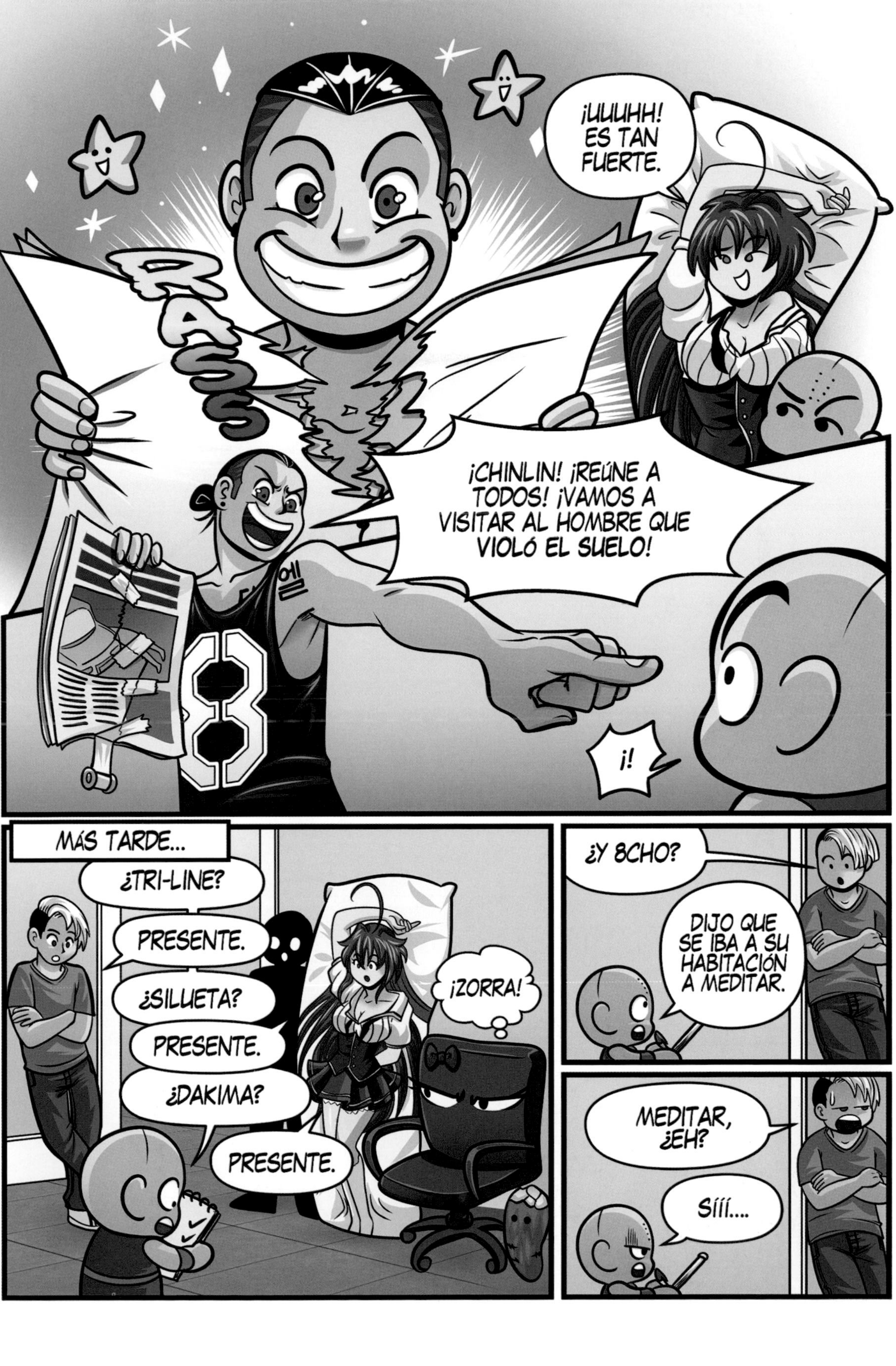
RASSS
¡UUUHH! ES TAN FUERTE.
¡CHINLIN! ¡REÚNE A TODOS! ¡VAMOS A VISITAR AL HOMBRE QUE VIOLÓ EL SUELO!
¡!
MÁS TARDE...
¿TRI-LINE?
PRESENTE.
¿SILUETA?
PRESENTE.
¿DAKIMA?
PRESENTE.
¡ZORRA!
¿Y 8CHO?
DIJO QUE SE IBA A SU HABITACIÓN A MEDITAR.
MEDITAR, ¿EH?
SÍÍÍ....

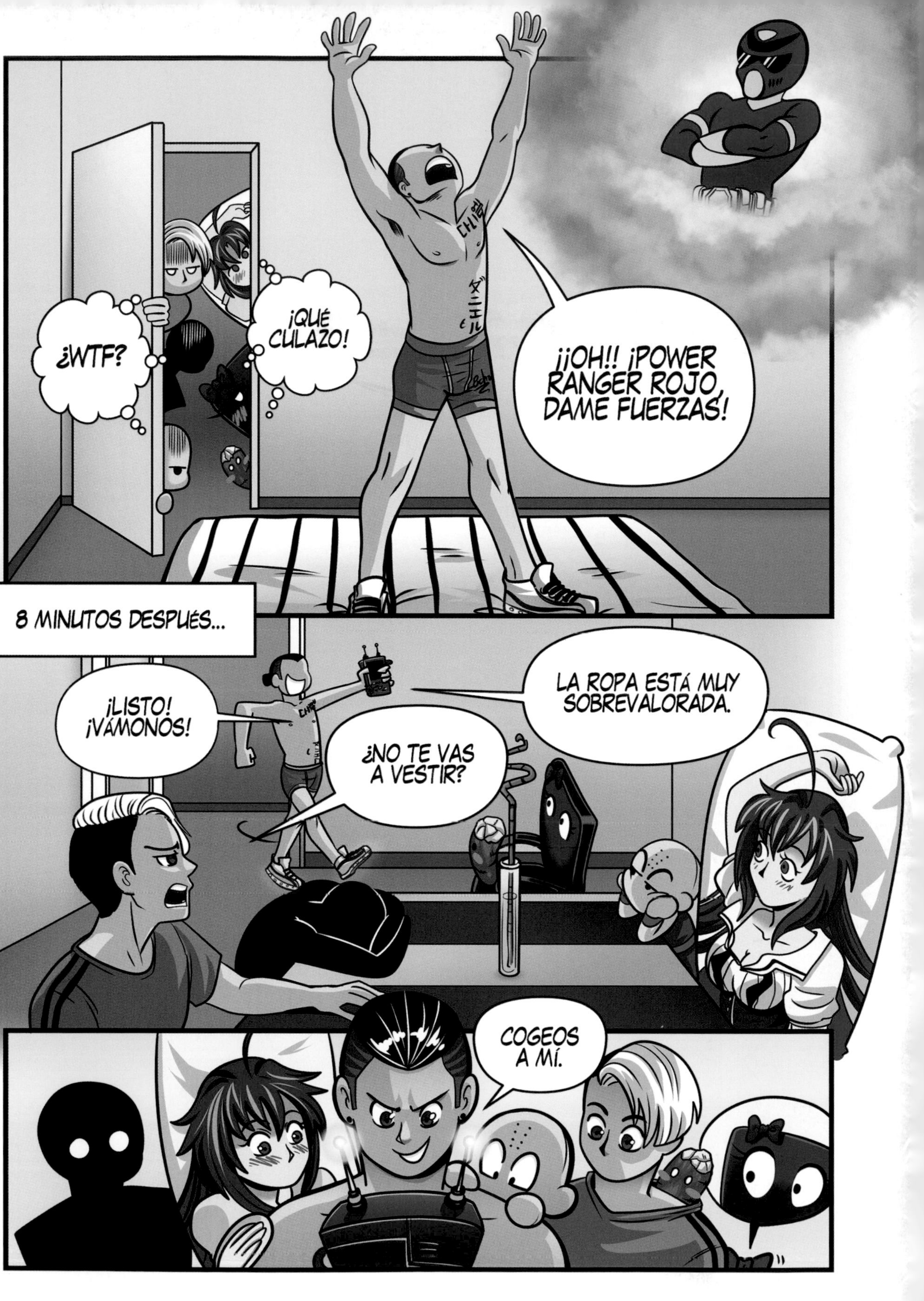
¿WTF?
¡QUÉ CULAZO!
¡¡OH!! ¡POWER RANGER ROJO, DAME FUERZAS!
8 MINUTOS DESPUÉS...
¡LISTO! ¡VÁMONOS!
LA ROPA ESTÁ MUY SOBREVALORADA.
¿NO TE VAS A VESTIR?
COGEOS A MÍ.

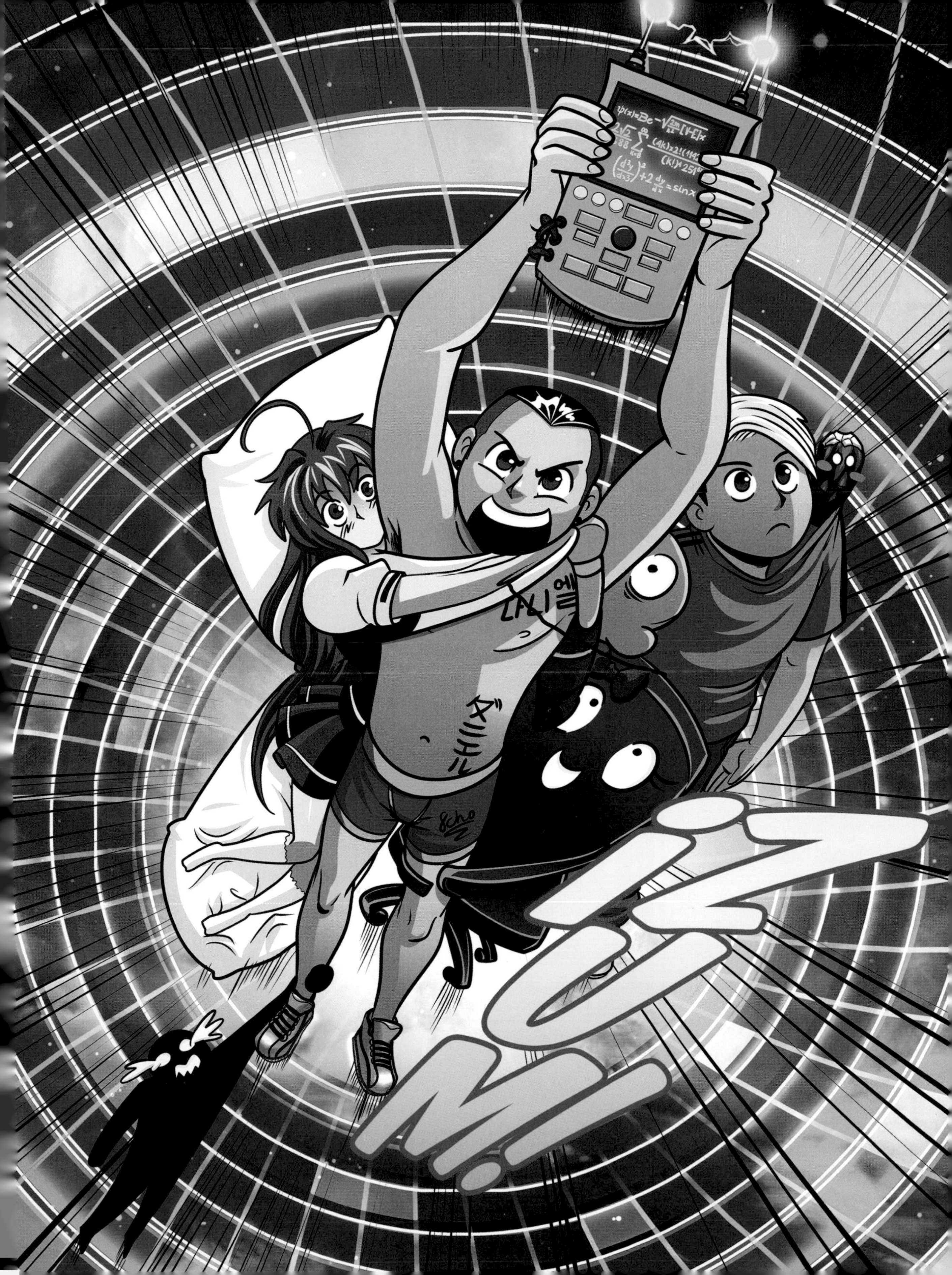

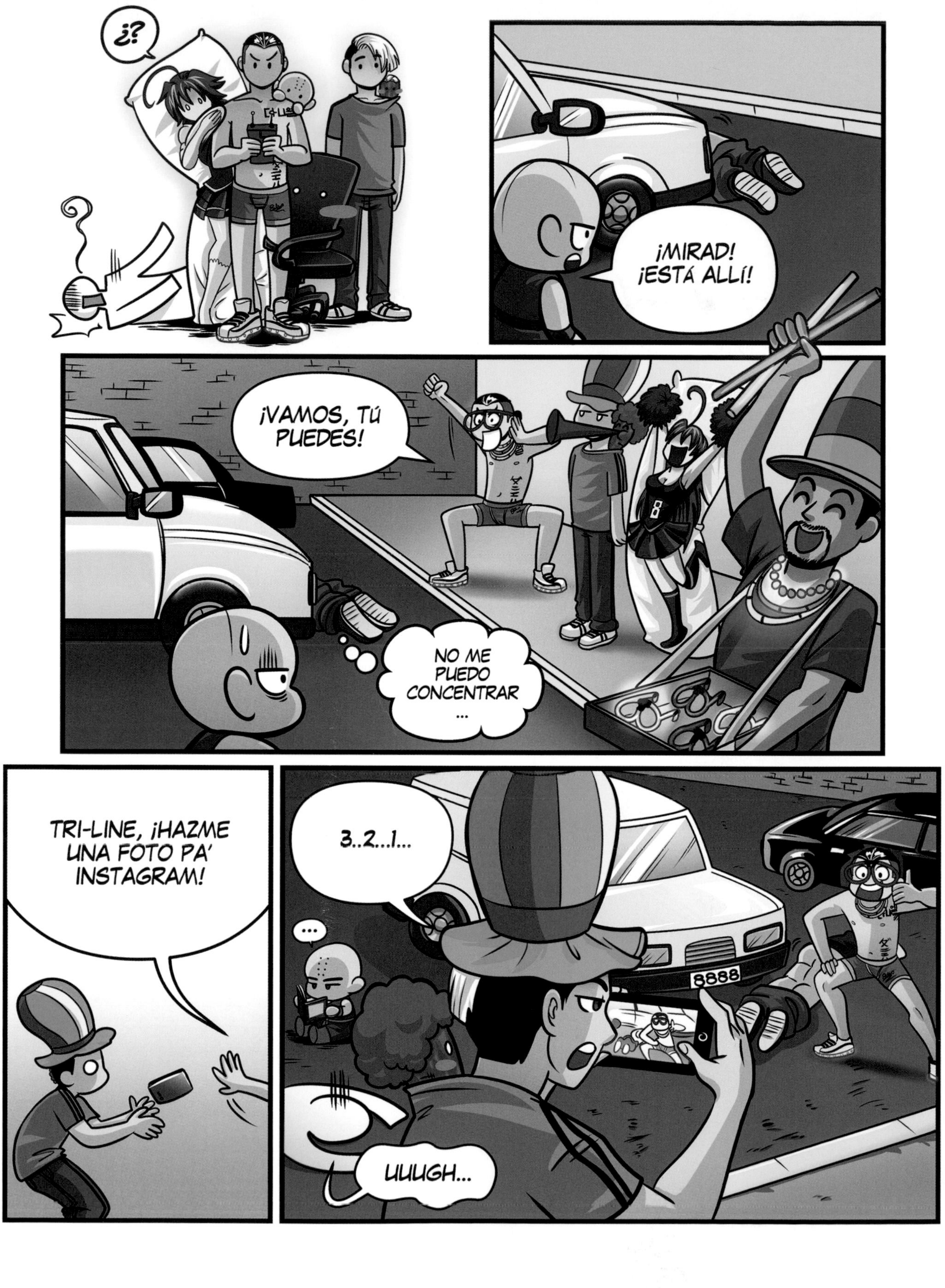
¿?
¡MIRAD! ¡ESTÁ ALLÍ!
¡VAMOS, TÚ PUEDES!
NO ME PUEDO CONCENTRAR ...
TRI-LINE, ¡HAZME UNA FOTO PA' INSTAGRAM!
3..2...1...
...
8888
UUUGH...

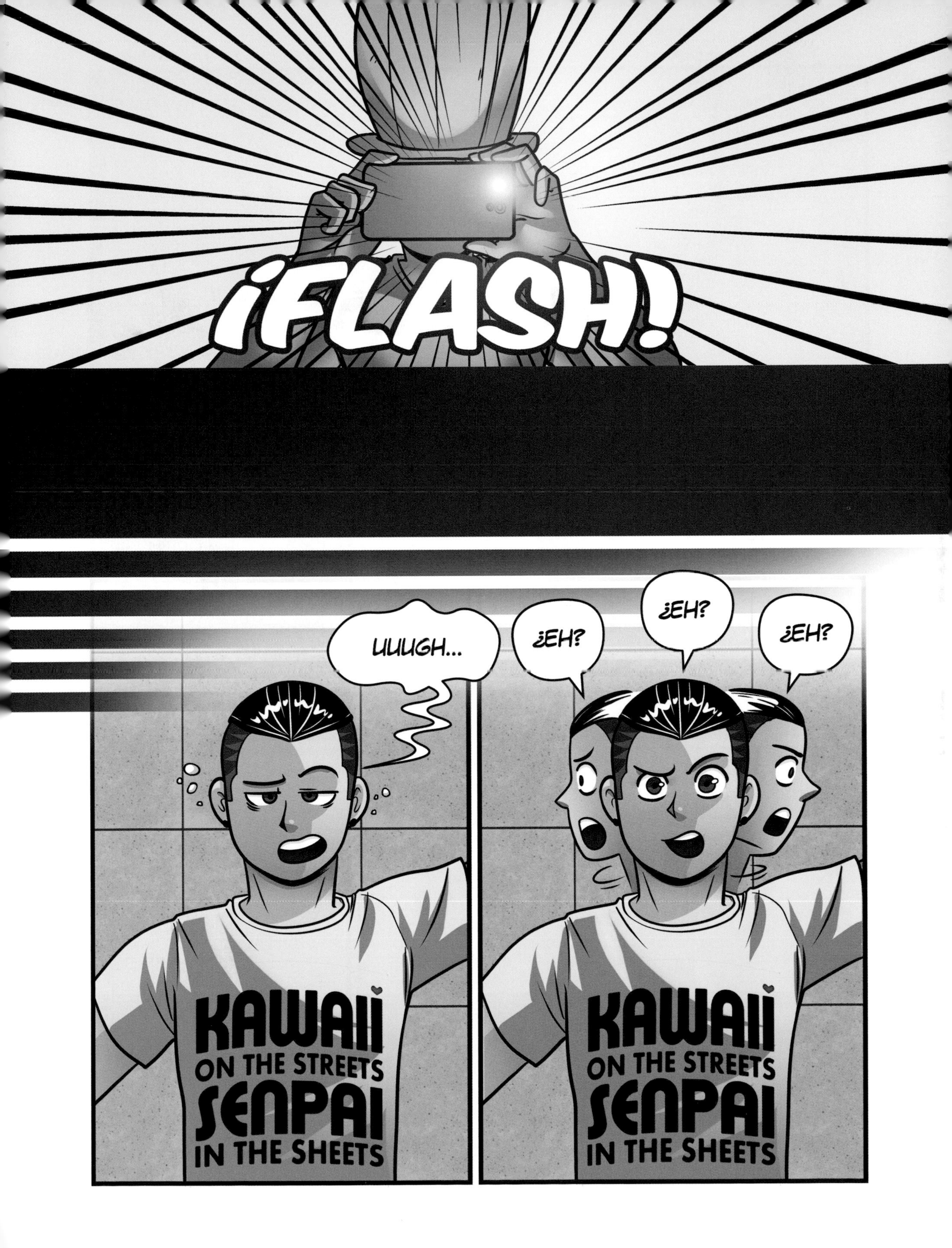
¡FLASH!
UUUGH...
KAWAII ON THE STREETS SENPAI IN THE SHEETS
¿EH?
¿EH?
¿EH?
KAWAII ON THE STREETS SENPAI IN THE SHEETS

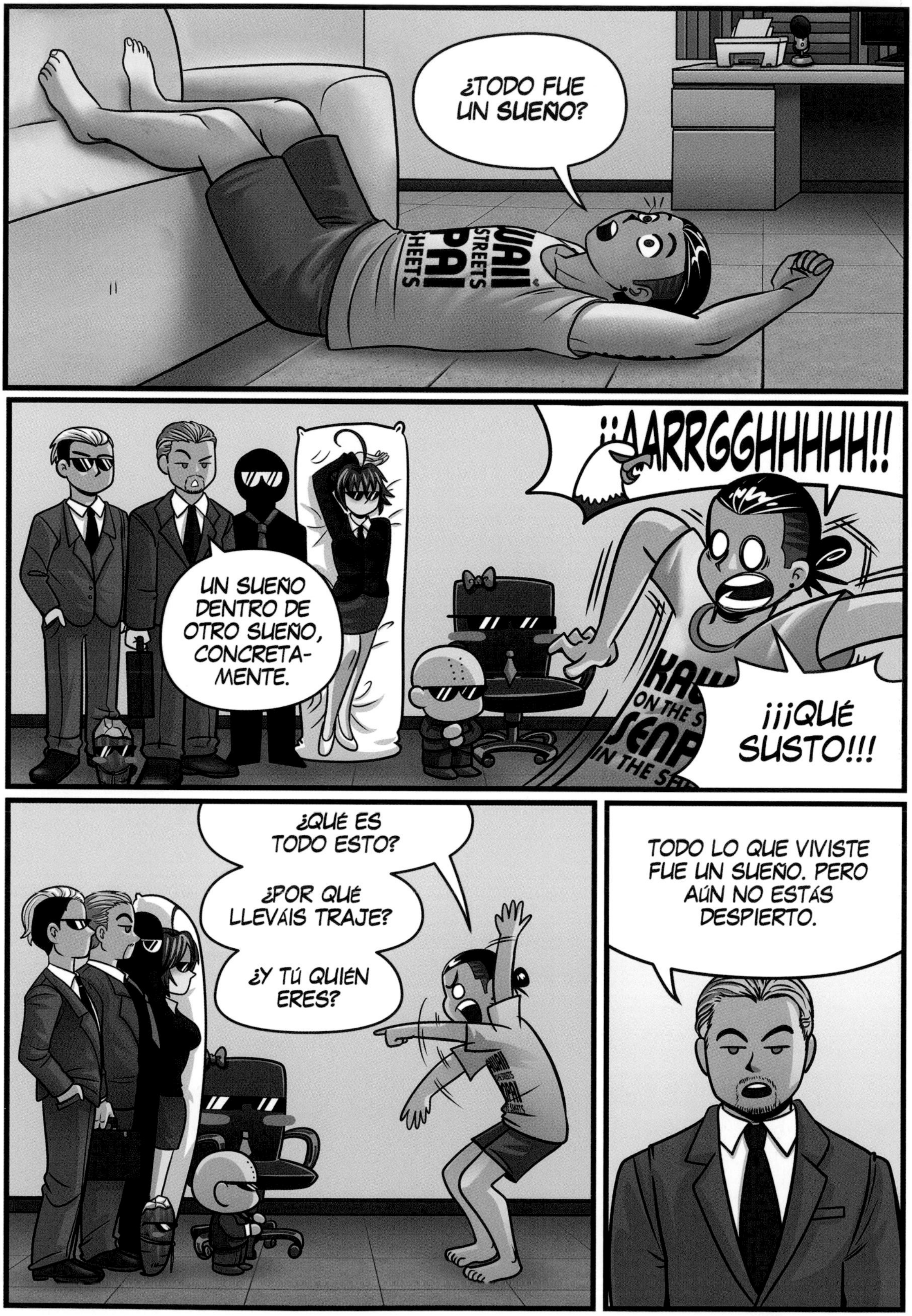
¿TODO FUE UN SUEÑO?
¡¡AARRGGHHHHH!!
¡¡¡QUÉ SUSTO!!!
UN SUEÑO DENTRO DE OTRO SUEÑO, CONCRETAMENTE.
¿QUÉ ES TODO ESTO?
¿POR QUÉ LLEVÁIS TRAJE?
¿Y TÚ QUIÉN ERES?
TODO LO QUE VIVISTE FUE UN SUEÑO. PERO AÚN NO ESTÁS DESPIERTO.

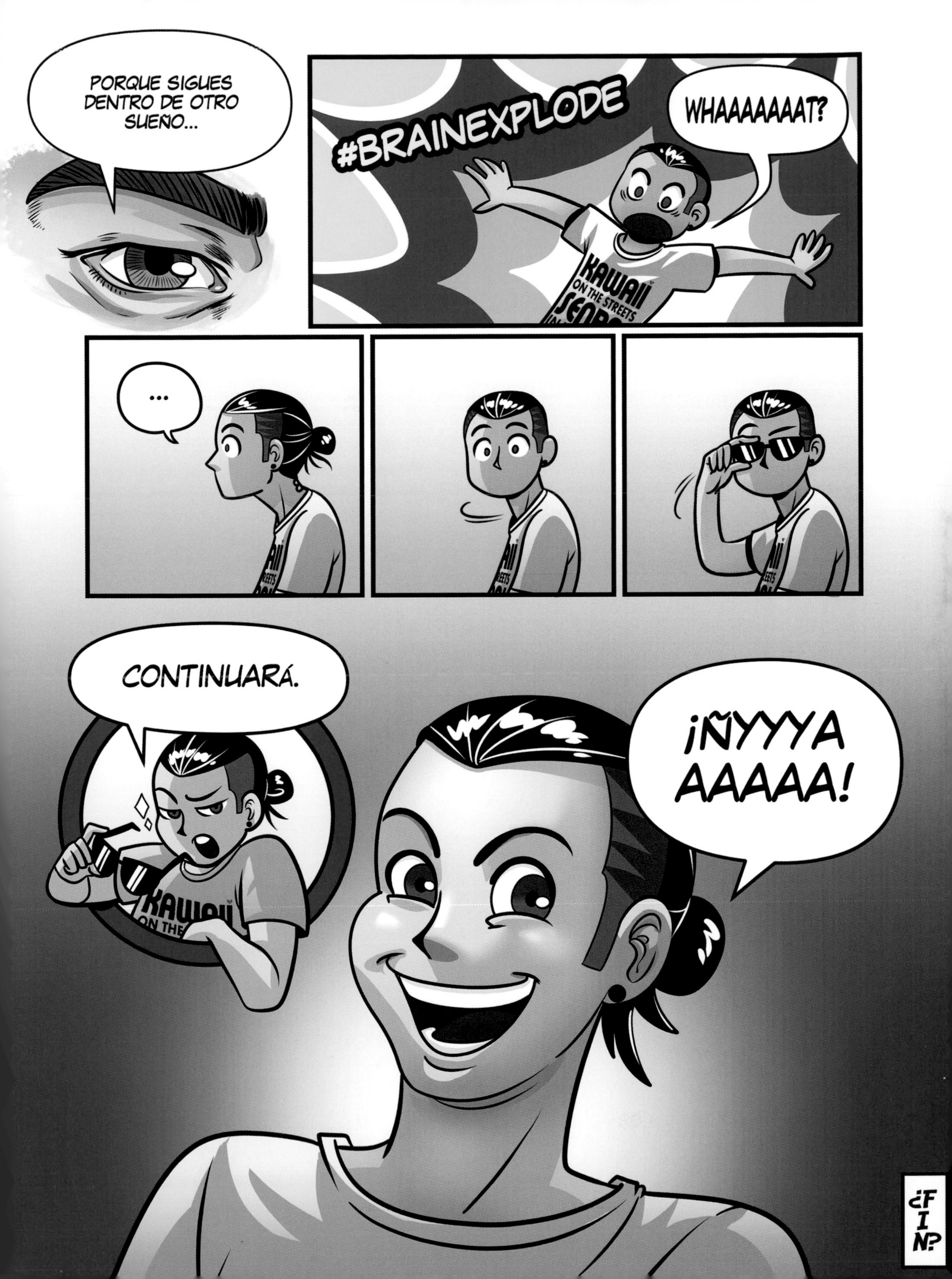
PORQUE SIGUES DENTRO DE OTRO SUEÑO...
#BRAINEXPLODE
WHAAAAAAAT?
KAWAII ON THE STREETS
...
CONTINUARÁ.
¡ÑYYYA AAAAA!
¿FIN?

AGRADECIMIENTOS

AÚN ME CUESTA CREER LO LEJOS QUE HA LLEGADO *EL HUMANO ES RETRASADO Y NO TIENE CURA* Y PENSAR QUE TODO EMPEZÓ CON UNA PEQUEÑA BROMA QUE HICE EN AQUEL TOP DE PERROS MÁS PELIGROSOS...

PARA MI HERMANO CARLOS, GRACIAS POR SOPORTARME TANTOS AÑOS ^_^. ERES LA MEJOR FAMILIA QUE ALGUIEN PODRÍA TENER. TE QUIERO.

PARA LUIS DE VAL, GRACIAS POR ENSEÑARME QUE HAY VIDA MÁS ALLÁ DE MI HABITACIÓN.

Y PARA MIS GOLFOS Y GOLFAS, GRACIAS POR ESTAR Y COMPARTIR CONMIGO ESTE INCREÍBLE CAMINO. OS HABÉIS CONVERTIDO EN UNA PARTE IMPORTANTE EN MI VIDA.

¡GRACIAS A TODOS!

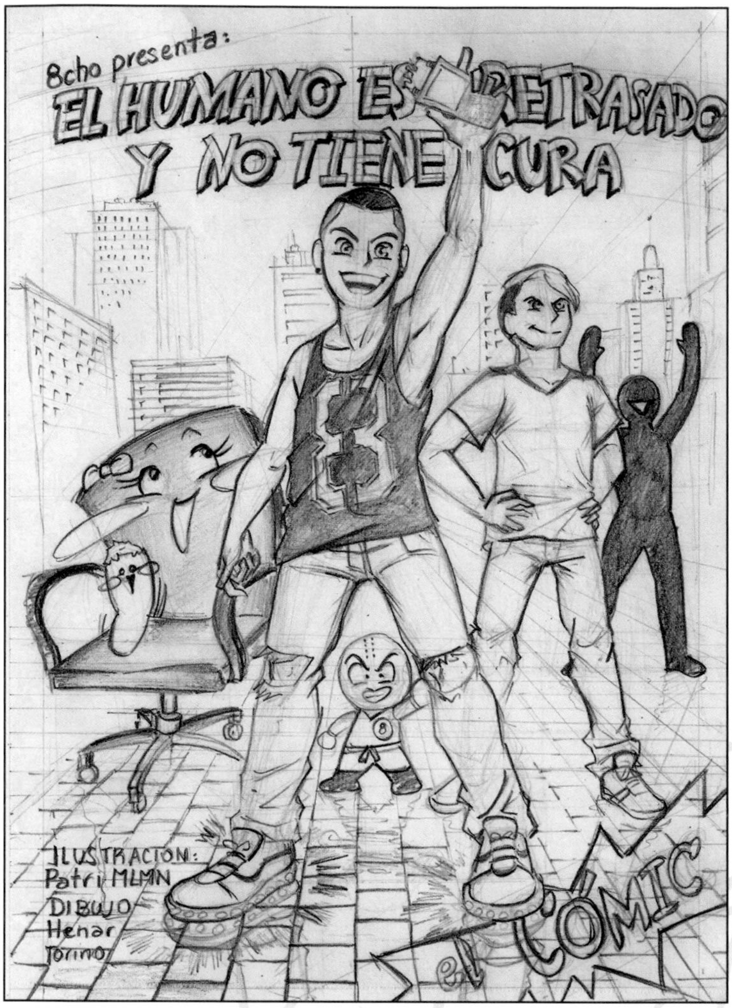
8cho presenta:
EL HUMANO ES RETRASADO
Y NO TIENE CURA
ILUSTRACION:
Patri MLMN
DIBUJO
Henar
Torino
el
CÓMIC

BOCETO ORIGINAL

DIBUJO Y ENTINTADO

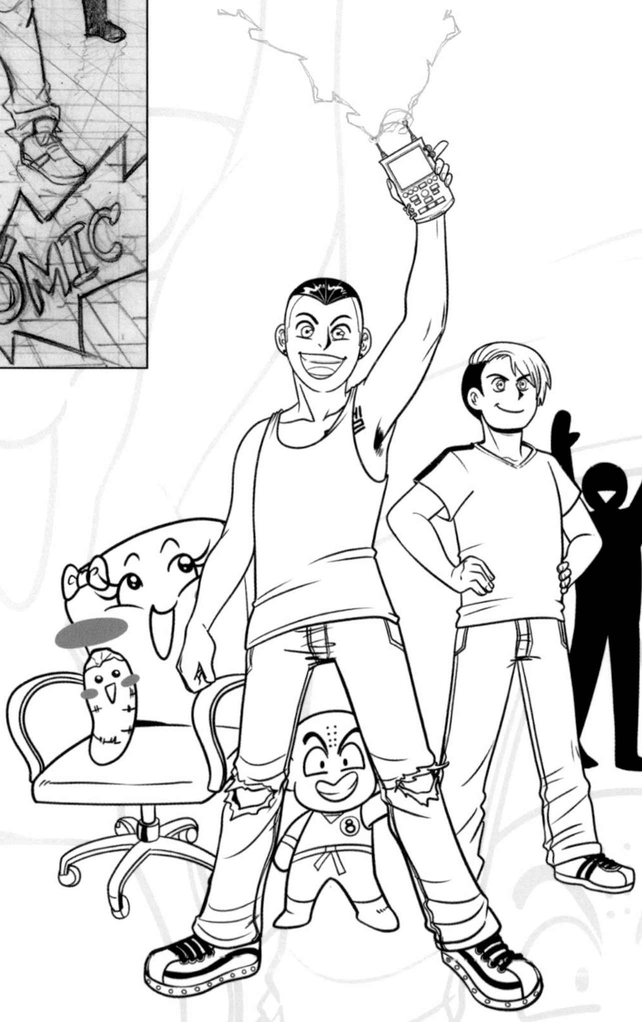

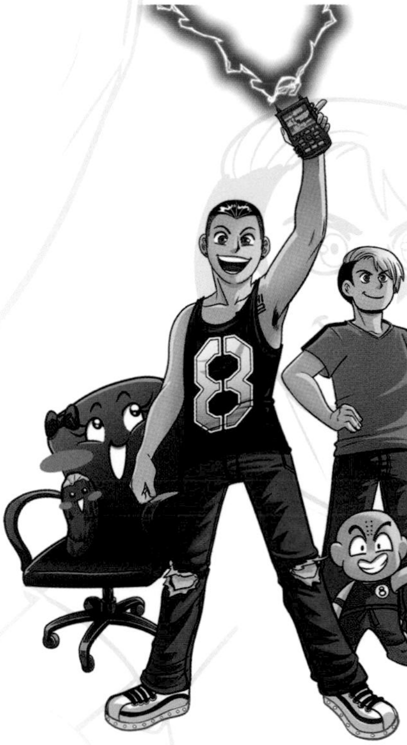

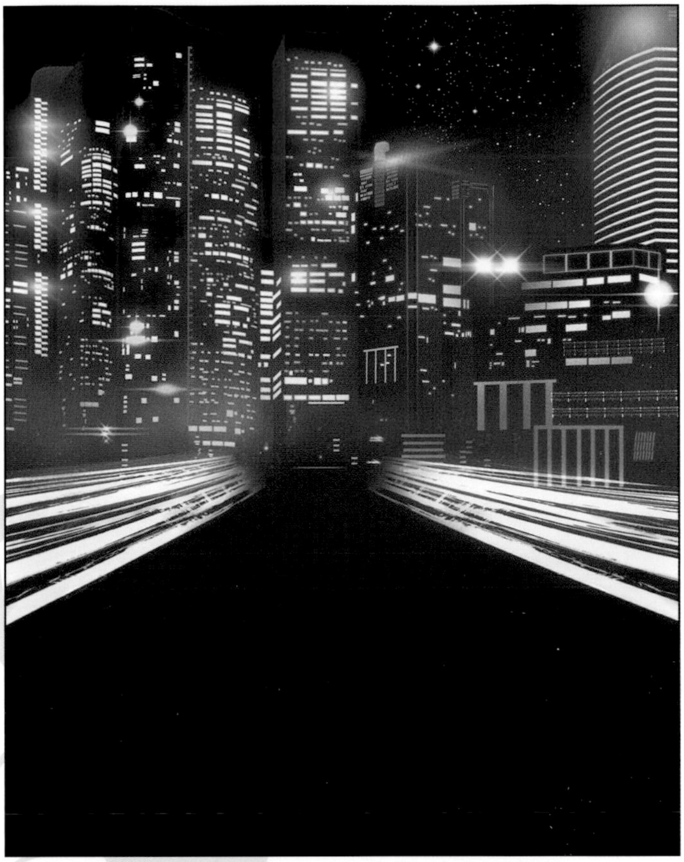

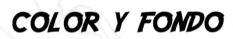

COLOR Y FONDO

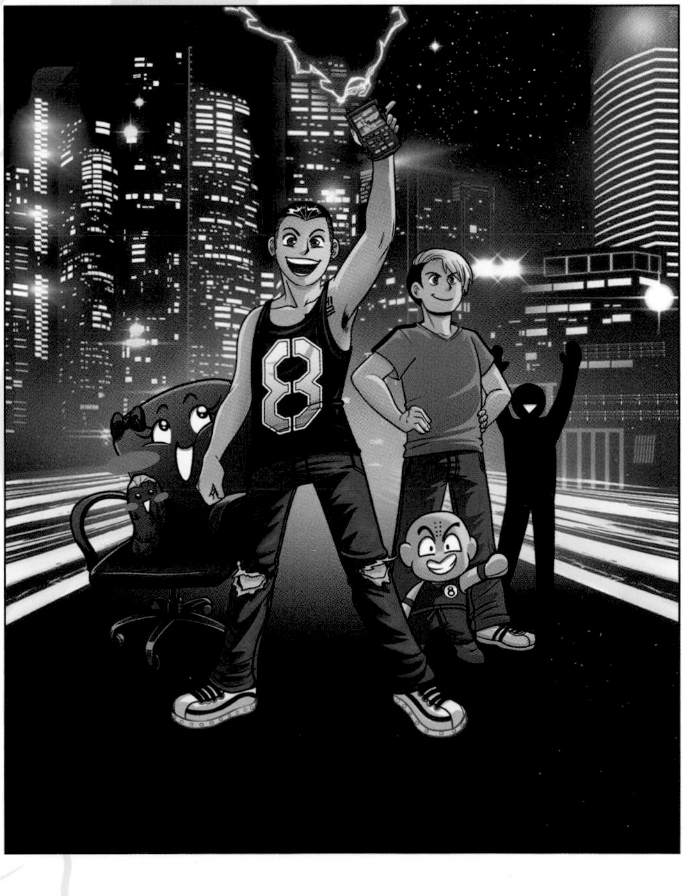

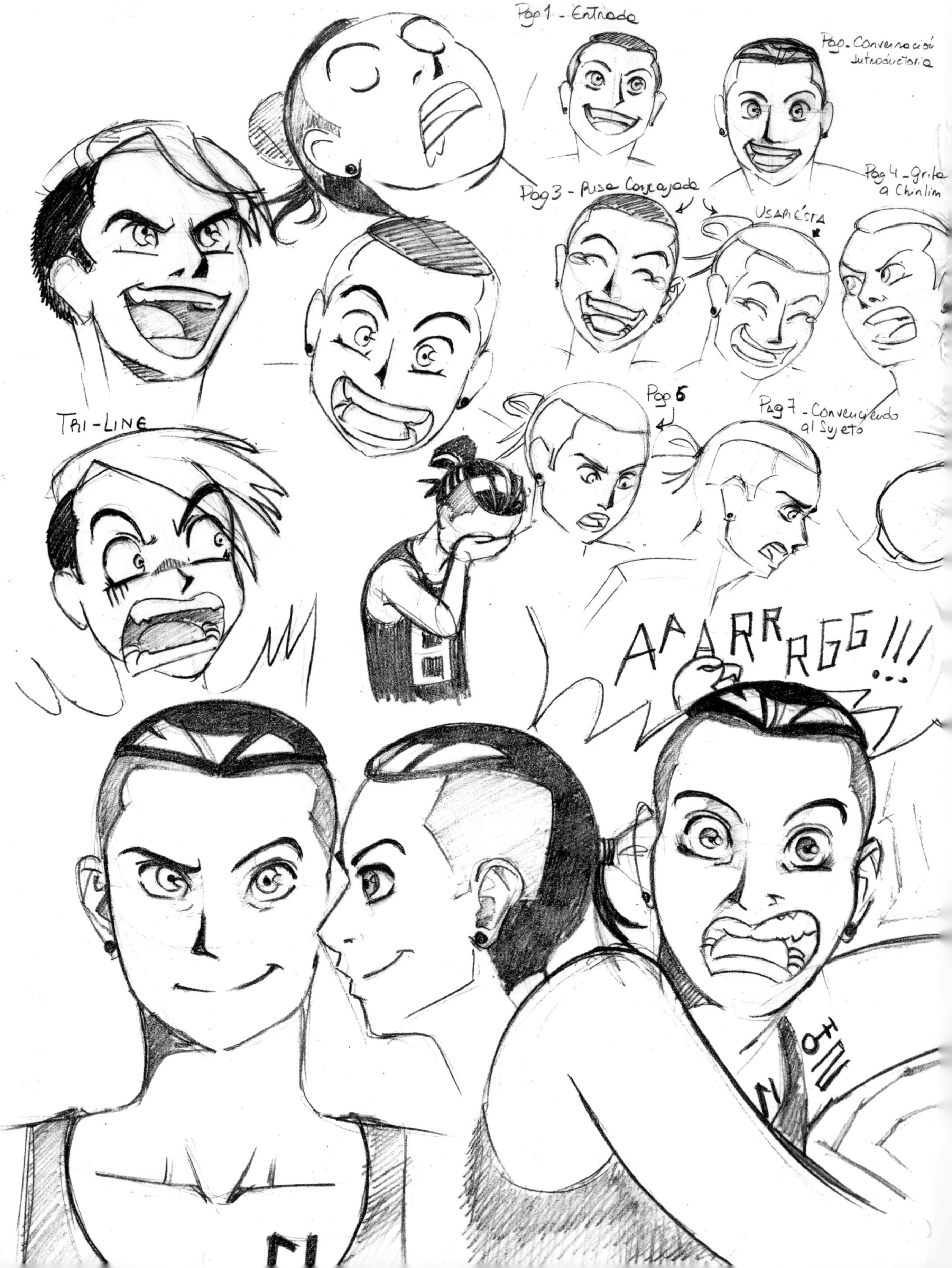
Pag 1 - Entrada
Pag - Conversación Introductoria
Pag 3 - Risa Carcajada
Pag 4 - Grita a Chinlim
USAR ÉSTA
TRI-LINE
Pag 5
Pag 7 - Convenciendo al Sujeto
AAARRRRGG!!!...